KB271962

한 손엔 똥을,
한 손엔 소원을

소네트집

한 손엔 똥을, 한손엔 소원을: 소네트집

1판 1쇄 인쇄 2026. 3. 20.
1판 1쇄 발행 2026. 3. 31.

지은이 다이앤 수스
옮긴이 황유원

발행인 박강휘
편집 김성태 | 디자인 정윤수 | 마케팅 정희윤 | 홍보 박상연

발행처 김영사
등록 1979년 5월 17일(제406-2003-036호)
주소 경기도 파주시 문발로 197(문발동) 우편번호 10881
전화 마케팅부 031)955-3100, 편집부 031)955-3200 | 팩스 031)955-3111

값은 뒤표지에 있습니다.
ISBN 979-11-7332-575-5 03840

홈페이지 www.gimmyoung.com   블로그 blog.naver.com/gybook
인스타그램 instagram.com/gimmyoung   이메일 bestbook@gimmyoung.com

좋은 독자가 좋은 책을 만듭니다.
김영사는 독자 여러분의 의견에 항상 귀 기울이고 있습니다.

한 손엔 똥을, 한 손엔 소원을

A Wish in
One Hand
and Shit
in Another

소네트집

다이앤 수스 황유원
지음 옮김

Diane Seuss

김영사

이 시집에 별도의 해설은 필요치 않을 듯하다. 소네트라는 외골격이 간신히 버티고 있다는 느낌이 들 만큼 수스가 시 안에서 이미 많은 것을 넘치도록 말하고 있으니까. 독자는 이 시들을 어렵게 해석할 필요 없이 그저 그 파괴적인 아름다움에 놀라면 된다. 너무 솔직해서 오히려 더 큰 상처와 쾌감과 해방감을 안겨주는 그 고백에 전율하면 된다.

그런데 이 모든 건 어디까지나 번역이 뒷받침될 때 가능한 일이다. 번역이라는 일이 늘 그렇지만, 이번 작업은 특히 고생스러웠다. 역교 때는 원고가 영 마음에 들지 않아서 거의 반 이상을 뜯어고쳤다. 물론 혼자만의 고생은 아니었다. 내 옆에는 늘 김성태 편집자님이 함께였다. 우리는 순전히 수스의 시에 대한 애정 때문에 사서 고생하면서도 행복했다. 편집자님이 아니었더라면 이 책은 애초에 한국에 소개되지도 않았으리라. 이 자리를 빌려 역자이기 이전에 시의 애독자로서 무한히 감사드린다.

소네트라는 형식은 중독성이 있다. 그 절제된 성격은 거꾸로 그 안에 뭘 써넣어도 된다는 자유로움을 선사한다. 한마디로 따라 쓰고 싶게 한다. 대단한 소네트일 필요는 없을 것이다. 이를테면 나는 (아마도 69번 소네트를) 번역하다가 즉흥적으로 다음과 같은 소네트를 쓴 적이 있다.

그 시는 우리를 밤바다로 걸어 들어가고

싶게 만든다, 밤바다로 걸어 들어가면서도 한 치의

두려움도 없게 만들고, 밤바다 속의 정경을 감상하며

이번 생을 과감히 마감한 다음 그 자리에서 다시 태어나

바다 밖으로 걸어 나오게 만든다, 시간은 여전히 밤이고

그래서 내가 다시 태어난 바다는 여전히 밤바다고

사람들은 내가 방금 죽었다 다시 태어났다는 사실도

모를 것이다, 몰라도 된다, 몰라서 좋다, 그렇게 수많은 생이 지금도

막을 내렸다가 다시 막을 올리고 있다, 밤바다의 커튼이 보이지 않는 가운데

걷혔다 쳐지며 무언가를 보여주었다가 가렸다가 또다시 신비로운 파편을

보여주고 있다, 황급히 다시 태어난 표류물 같은 이들이 밤바다의 해변에 앉아

밤바다를 마주한다, 밤바다는 눈을 뜨고 있는가 감고 있는가, 그대는 눈을

뜨고 있는가 감고 있는가, 감고 있다면, 바로 지금 떠라, 더 크게! 그대 앞에서

시시각각 더욱 짙어지고 깊어지는 밤바다가 그대의 눈 속으로 흘러들고 있다.

대단한 소네트는 아니다. 하지만 쓰는 동안 재미있었다. 때로 형식이 강제되면, 수스가 썼듯이 "없이도 살 수 있는 게 무엇인지", 더 정확히는 없어서 할 수 있는 게 무엇인지 아주 잘 알게 되는 즐거움을 누릴 수 있다.

독자들이 다이앤 수스풍 소네트를 쓴 후 친구에게 읽어주며 서로 깔깔대거나 훌쩍이는 모습을 상상해본다. 아마도 그런 일이 일어날 것이다. 이 시집은 그런 책이니까. 내가 번역한 시집 중 가장 강력하고 처절하고 사랑스러운 책이니까.

황유원

일러두기

1. 원제는《프랭크: 소네트집frank: sonnets》이다. 한국어판 제목은 시의 구절을 딴《한 손엔 똥을, 한 손엔 소원을: 소네트집》으로 정했다.

2. 소네트는 14행의 엄격한 형식과 절제를 요구하는 시형詩形이다.

3. 이 책의 미주는 모두 옮긴이의 것이다.

4. 단행본, 정기간행물, 앨범, 오페라는《 》로, 단편, 노래, 영화 등은〈 〉로 표기했다.

5. 인명, 지명 등 외래어는 국립국어원 외래어표기법을 따르되 몇몇 경우는 관형적 표현을 참고했다.

6. 본문 중 이탤릭체와 큰따옴표 일부는 원서의 표기를 따랐다.

너—누굴 말하는지 알지?—에게.

그리고 언니에게.

차례

"이것은 나의 가시철조망 드레스다. 집을 지켜주지만 전망을 가리진 않는다."

—캔디 달링[1]

"숙녀는 난데, 남자인 네가 더 숙녀 같네."[2]—에이미 와인하우스

"프랭크[3]는 이 시에 표현된 감정 가운데 자기 것은 하나도 없다는 사실을 공표해달라고 내게 부탁했다. 그것은 모두 내가 느낀 감정이다."—일레인 드 쿠닝[4]

1

차를 몰고 케이프 디스어포인트먼트[5]까지 갔지만

차에서 내릴 힘이 없었다. 렌터카였다. 파란색 포드 포커스.

반쯤 공공장소인 곳에 차를 세우고 내리자마자

땅에 오줌을 싸야 했다. 길가에 그냥 쪼그려 앉아서.

내 방광이 왜 이런지 모르겠다. 오줌을 싸고 나서도

오줌을 싸고 또 싸야 한다. 관광하는 대신

차 뒷좌석에 기어들어 가 낮잠을 잤다.

어쩐지 잘생긴 코와 페니스와 뉴욕파[6] 동료와

래리 리버스[7]가 없는 프랭크 오하라라도 된 듯한 기분이다.

케이프 디스어포인트먼트 일일 이용권을 끊어놓고는

등대에서 바다로 떨어지는 긴 낙하[8]를 골똘히 생각했다.

오션 메디컬 센터에 가서 검진을 받아볼까 하는

생각도 해보았지만 아름다움이나 안도감에 대한

이 초조한 탐색은 대체 어떻게 설명하면 좋단 말인가?

2

달콤함의 문제는 죽음에 있다. 모든 것의 문제는

죽음에 있다. 모든 것을 인수분해해보면

그것 말고 다른 문제는 없는데, 분수를 공부할 때 나는

인수분해에 영 소질이 없었다. 선생님들은 늘 파이를

예로 들었다. 나는 그것을 인수분해하는 것보다 그게

어떤 종류의 파이일지가 더 궁금했다. 그리고 지금, 나는

빈털터리이고, 열넷까지 헤아리는 것도 힘들 지경이다.

산수에 관해 말하며 사람들은 나중에 수표책을 정산하는 데

산수 실력이 필요할 거라고들 말한다. 그런데 수표책은 무엇이고,

정산은 또 뭐란 말인가? 달콤함 이야기가 나와서 말인데, 나는 한동안

어느 섬의 퍼지[9] 가게에서 일한 적이 있다. 한 주가 지나자

달콤한 냄새 때문에 속이 메스꺼웠다, 말[馬] 냄새는 말할 것도 없고.

그 섬에는 자동차가 없었고 사방에 똥이 널려 있었다.

내가 일을 관두겠다고 하자, 주인은 내 뺨을 때렸다.

3

친밀함은 나를 어지러이 흐트러뜨렸다. 나는 그것을 원치 않았다.

정말이다, 나는 더는 그것을 원치 않았다. 제정신인 사람이라면

누구나 그러지 않을까? 그러고는 그것이 찾아왔다, 아이스크림 트럭처럼

기이하게 짤랑거리는 음악, 달콤한 서리와 함께. 나는

해안으로 도망쳐 죽음이 흩뿌려진 광경을 보았다, 페르가몬의 소수스[10]의

바닥 모자이크 〈쓸지 않은 집〉에서처럼 해안으로 밀려와

속을 깨끗이 빨아 먹힌 모든 신체 부위를. 바닷새들은 모여들어

늘 그렇듯 비물질로 사라졌다. 벌들은 권좌에서

끌려 내려온 것에 분노했다. 사랑은 어쨌거나 가까이 다가와

나를 찾아냈다, 대유행하는 그 뒤틀린 음악과 함께. 그것은

그저 가까이 있는 것만으로도 쌍각류 조개의

껍질을 잘 벌리곤 했다. 그 비밀스러운 속살을 잘

드러내곤 했다. 사실 우리는 얼린 설탕물을 *빨아* 먹지 않는다.

우리는 그것이 오븐 같은 입속에서 녹도록 내버려둔다.

4

나는 남자를 죽어가는 남자를 만났고 나도 마찬가지라고 말했다.

죽은 남자를 만났고 나도 마찬가지라고 말했다. 산 자는

죽은 자를 만날 수 없으니 나는 죽은 게 분명했고 그는

자기도 마찬가지라고 말했다. 죽은 자도 사랑에 빠질 수 있음을

아느냐고 그는 말했다. 정말이다. 죽은 자는 잃을 게 아무것도

없기에 산 자보다 더 쉽게 사랑에 빠질 수 있음을

아느냐고. 모든 블루스의 근원. 여전히 의심을 거두지 못한 채

나는 수두를 앓았을 때 선물 받았던 독일 동화책

〈엄지 동자〉에서처럼 한걸음에 삼십사 킬로미터를

이동할 수 있는 구두를 신고 성큼성큼 앞으로

걸어갔다. 내가 몸에 피가 나도록 긁어대는 동안, 오우거[11]는

야수들에게 들이받혀 죽어갔다. 한걸음에 삼십사 킬로미터씩

성큼성큼 걸으며 우울해하는 죽은 밴조 연주자를

향해 간다. 앙상테르.[12] 혹은 독일어로 말하면 *차우버하프트*[13]

5

그것은 끔찍하다, 손길로 충족시킬 수 없고, 감상적인

것보다는 숭고한 것에 더 가깝고, 인류보다는 동물에 더

가깝다, 나는 돼지풀 줄기 위로 이리저리 날아다니는

새들의 눈에서 그것을 보았다, 게걸스럽고, 특별한,

세상에 나 같은 사람은 없다는 눈빛, 좁은 침대[14]에 누워 있는

디킨슨,[15] 그녀의 차갑게 움켜쥔 양손, 그녀의

읽기 어려운 필체, 심지어 블랙 케이크 레시피[16]를 따라

만들기도 어렵다, 이상하게 만들어진 그녀의 블랙 케이크,

조리예보다 술이 더 많이 들어간, 그리고 내가 만난 괴짜는

모두 똑같은 눈빛을 하고 있었다, 팔 없이,

입술과 이만 사용해 바늘을 실에 꿰는 괴짜도,

다리 없이, 하늘색 수레에 올라타 모퉁이를 도는 괴짜도,

그 눈빛에는 군주처럼 고압적이고, 거칠고, 슬픈, 그리고 모든 처녀 여왕이

그러하듯, 혐오스럽고 웅장한 사랑에 대한 갈구가 담겨 있었다.

때로 나는 느낄 수가 없다, 어떤 이들이 아름답다고

부르는 것을. 맹세컨대, 볼 수는 있다, 침엽수와

뚱뚱한 벌들, 교회 부채[17]들 같은 양치류

그리고 바다, 마녀들에게 그랬듯이 마치 돌로

누른 것처럼 평평한 수면, 조류에 이랑이 진

어두운 모래사장, 흩뿌려진 신체 부위들, 집게발,

떠밀려온 보름달물해파리의 중교中膠질,[18]

투명한 덩어리, 뇌가 없지만 그 투명함 덕분에 환히 깨달은.

나는 그곳에 서 있다, 나는 썰물 때 해변으로 걸어간다, 두려움을

모르는 하늘, 내게 열려 있지 않고, 그냥 열려 있는, 그저 그렇게,

바람, 차가운, 우르르 부서지며 생각을 떠내려 보내는

파도, 나는 그것을 사진으로 찍을 수 있다, 나는 그것이 아름답다고

말할 수 있다, 하지만 느낄 수는 없다, 내가 그것을 느끼고

있는 건지 잘 모르겠다, 물에 빠져 죽으면, 아마 그때는 느낄지도.

7

나는 그럴 수 있다. 나는 바닷속으로 걸어 들어갈 수 있다.

나에게는 렌터카가 있다. 차는 파란색이고 기름은 다 떨어져 간다.

나에게는 발이 있다, 두 개, 그리고 가까이에 있다. 나는 그럴 수 있다.

나보다 먼저 들어간 이들이 있다. 제프 버클리(1997), 그는

고작 서른 살이었다.[19] 캐럴 웨인(1985), '마티니 레이디'

그리고 〈플레이보이〉에 발표된 사진 한 장.[20] 수년 전

뱃전 너머로 던져버린 전 부인의 사진을 찾겠다고 물속으로 뛰어든

데니스 윌슨(1983).[21] 하트 크레인, 물론 하트 크레인(1932)을

빼놓을 순 없지.[22] 사교계 명사 스타 페이스풀(1931),

그녀는 고작 스물다섯이었다, 그녀는 해안 근처의 얕은 물에서

익사했다, 그녀의 폐는 모래로 가득 차 있었다. 스타는 자신의

섹스 다이어리를 남겼는데, 현재 소재는 알 수 없다. 남자 열아홉 명.

어둡다. 나는 어둠을 사랑하고 어둠도 나를 사랑한다.

재미있을 것 같다! 나는 바닷속으로 걸어 들어갈 수 있다!

이 해변을 한쪽 발로 누르면 소금물 대신

피가 흘러나올 것이다. 만일 거기

시가 있다면, 병든 파도를 타고 오게 하라

내가 산통 중간에 포기하고 말았던

아이를 밀어내는 힘처럼 힘차게. 내 몸을 갈라라, 갈라!

그들은 내 몸을 위아래로 갈랐고 거기서 작은

마약 중독자가 나왔다.[23] 당신은 이곳의 집들이 난파선 잔해로

지어졌다는 것을 아는가? 초超종파적인 신도들이

저녁 예배를 드리며 매주 예배당을 하얗게 덧칠해도

나무의 출혈을 멎게 하진 못하리라는 것을?

말도 안 되는 역전: 새끼 사슴은 육식 동물이 되고,

코요테는 먹을 수 있는 꽃을 찾아 구슬피 운다.

나팔꽃 하나하나가 쓰나미 경보 사이렌이다. 내 몸을 갈라라!

대양 또한 붉다, 자기는 예외인 줄 알았겠지만.

9

가장 좋은 것은 당신이 오직 완전한 현재형 시제에만

대답할 때, 그 비, 그 비, 비, 비, 그리고 바람, 무지갯빛

구름 한 점, 또 다른 총격, 이번에는 독일의 어느 한

쇼핑몰에서, 이래서 사람들이 어깨동무할 만한 다른 사람을

원하는 것이로군, 나는 만灣으로 걸어갈 것이다,

일종의 평화, 심지어 공허가 있는 만으로, 이제는 공허 또는

평화라는 드문 호사를 누리는 제비의 날카로운 비행과 울음,

좀처럼 천둥이 치지 않는 곳에서 치는 천둥의 아름다움,

산토끼처럼 깡충, 깡충 뛰는 마음, 목에 달라붙은 나의

젖은 머리, 할아버지의 이발소, 스펙트럼처럼 색깔별로

쭉 늘어선 헤어토닉들, 증조할머니가 여생을 보낼 수 있는

공간을 마련하려고 치워버린 당구대, 스토브의 연통을 딱

감싸 안을 수 있게 그녀의 부엌 식탁 일부를 반원형으로 잘라내는

나의 아버지, 비, 비, 미국의 파시즘은 요란하다.

10

내 것이라 부르고 싶은 이 벤치에 앉아서

내 것이 아닌, 그 누구의 것도 아닌 나의 나무를

바라본다, 고요하다! 시끄러운 새가 아닌 제비가 내는

소리만 제외하면, 이번 생에서 나는 남들에게 욕먹지 않고 느낌표를

몇 개까지 쓸 수 있을까, 기껏해야 두 개나 일곱 개일 거라고

말한 게 누구였더라, 비숍?[24] 메리앤 무어?[25] 그게 누구였든

세상은 고요해질 수 있다, 만일 모두가 집안에 머무르고

제트기만 없다면, 나의 나무, 그것은 그냥 거기 서 있다,

바르트의 말을 빌리자면 "근사해"[26] 보이는 만에 있는

풀밭 한가운데에, 그러고서 나는 차를 몰고 서쪽으로

일 점 육 킬로미터를 달려 그날은 시끄러워지기로 작정한 바다로 갔다,

석양, 아아, 어느 커다란 금빛 육식 동물의 아가리에 들어간

날고기 한 점처럼 너덜너덜하고 피투성이인, 그리고 나는 조금

울었다, 그것들은 모두! 하나도 남김없이 사라져버릴 것이기에!

11

시, 유일한 아버지, 풍경, 달, 음식, 나코타[27]에서 먹었던

클램차우더[28] 한 그릇, 나는 행복했던가, 산더미처럼 쌓여

은빛으로 빛나던 굴 껍데기들, 시, 유일한 황금,

아니 정말 그럴까, 내 가슴, 발, 양손, 집게손가락, 손톱,

손거스러미, 종이에 베인 상처, 무엇이 신성한가, 나는 바다로

차를 몰았다, 목적 없이 돌아다녔다, 나는 나의 나무를 응시했다, 나는

마음속으로 말했다 *저기 나의 나무가 있네*, 저기 나의 나무가 있네, 나는

마음속으로 말했다, 말을 배우기 전의 나를 기억한다, 부모님의

손길에 흥분했다, 무작정 밀크위드[29] 씨방을 열었다, 보풀을 후 불었다,

비교하려 애쓰지 않으며, 의미에서 자유로워지기 위해,

비유적인 의미에서의 까끌까끌한 스웨터, 몸, 가슴, 외음부, 작은 굴 같은 자궁,

클리토리스, 욕구, 손길, 오르가슴에서 꿈틀대며 빠져나오기 위해, 나는 오르가슴이

뭔지 알기도 전에 오르가슴을 느꼈다, 약강 오보격,[30] 내가 그것을 느꼈던가,

언어는 감정을 가려버리는가, 그 가려짐마저 가려버리는가.

이곳 끄트머리에서 나는 여러 사소한 환시幻視를 보았다. 모든 것은 본질적으로 도브그레이색이라는.

무엇이든 그 입에서 립스틱을 닦아내면 도브그레이색을 발견하게 될 거라는. 나는

엄지손가락으로 하늘의 파란색과 물의 파란색을 쓰윽 닦아냈고, 신발로 걷어차자,

심지어 모래도 본질적으로는 펠리컨그레이색이었다. 나는 에덴동산을 떠올리고 있다.

모든 게 얼마나 자기 색깔을 뽐냈는지. 접시꽃들이 어떻게 서로의 문장을 끝냈는지.

포식 동물과 그것에게 잡아먹힐 걱정을 내가 얼마나 그리워했는지. 잡아먹히는 걸 얼마나 그리워했는지.

사랑과 만나려는 끔찍한 임무를 띤 대양과 대륙이 어떻게 본질적으로 사랑 그 자체인지.

수면이 요동치는데도 어떻게 심연은 차분히 사랑에게 젖을 물리고 있는지. 그 늦은 젖먹이가 젖을 빨면서

보이는 눈빛: 습관적이고 자기만족적인 평화. 그 평화의 어머니 노릇을 하고 그것이 젖을 떼게 하는 것은

얼마나 끔찍한 직업인지. 그리고 아름다움을 닦아냄은 추함을 발견하는 일이고. 추함을 닦아냄은

화려함에 놀라는 일이고. 사과는 어쩜 그렇게 하나같이 다 독 사과인지. 껍질은 어쩜 그렇게 장밋빛인지.

과육은 어쩜 그렇게 달콤한지. 사과의 독을 빨아내는 일은 어쩜 그렇게 참된 식사이고, 신을 향한 기도이자

최후의 만찬인지. 바람의 등뼈 맨 아래에는 어쩜 그런 고요가 깃들어 있는지. 묘비들도 조류에 따라 어쩜

그리도 휘고 부풀어 오르는지. 관들은 어쩜 그리도 사랑의 반대편 해안으로 향하는 고집 센 작은 배들인지.

13

천국에서 돌아오는 것을 사람들은 부활이라고

부르나 보다. 반짝이는 블랙 체리와, 빛나는 만灣과,

번쩍이는 산과, 끔찍한 외로움의 축복이

기억나질 않는다. 사랑과 죽음이 진창과 낯선 새들로

뒤섞이는 곳, 사람들이 *슬러리*라고 부르는

바다 가장자리에 이는 지저분한 거품.

태어나기 전의 네 존재까지 전부 다

잊어라. 아장아장 걷고 여전히 손가락을 빨던 시절에

딜[31]은 자궁 안에서 내 피가 쉭쉭 지나가는 소리를

들었던 게 기억난다고 말했다, 아마도 수많은 거짓말 중

처음으로 했던 거짓말, 발음이 서툴러 사랑스러운 이 거짓말.

나는 늘 돌아온다, 그것이 나의 본성, 집게발에 세게

물리면서도 가재를 풀어주는 일을 멈추지 못하는

사람처럼, 그 *뻔한* 노래, 그 *뻔한* 그랜드 올 오프리 방송[32]처럼.

라벨[33]의 현악 사중주 F장조를 들으면 어떤 기분이 드냐고

커트[34]에게 묻자 그의 얼굴이 무척 환해져서 나는

궁금증이 일었다, "그 음악은 내가 살거나 생각하는 세상과는

달라요, 낯선 미지의 장소, 다른 어딘가에서 온 음악이죠,

익숙함이나 편안함과 관련 있어서가 아니라, 존재한다고

상상하지 않았던/못했던 장소로 나를 데려간다는 점에서.

그리고 때로 그 낯선 장소는 내가 생각하는 것보다 나의 세상과

더 가까이 있고, 때로는 끝없이 멀리 떨어져 있어요",

전에 즉흥적으로 했던 말을 다시 알려달라고 묻자 그는

그런 이메일을 썼다, "내가 뭐라고 말했는지 정확히

기억나지 않네요", 그는 약강 오보격 문장[35]으로 그렇게 운을 떼고는

나머지 말을 이어나갔다, 나중에 그는 어렸을 때 백혈병과 화재로

죽은 자신의 두 형제 이야기를 들려주었다, 그의 표정은 부드러웠고,

나는 지금 라벨을 듣고 있다, 그 두 이야기 사이의 무관함을.

15

커트 로데가 비올라로 연주한 〈서머타임〉[36]을 들으며,

내 마음은 언제 부서졌던가, 태어날 때, 우리 모두의 작은

가슴은 작은 도토리처럼 부서진다. 우리는 그것에게 가야만 한다,

그게 무엇이든, 가죽이 벗겨진 개처럼 그것이 우리에게 오진 않을 것이다,

왜냐하면 나는 본질적으로 도발자인 토니[37] 같으니까, 그는 췌장에

종양이 있는데 그렇다면 그 모든 도발은 결국 무슨 소용이었을까,

다른 누군가의 상처에서 반창고를 떼어내는 것은 네가

할 일이 아니라고 팸은 말할 것이고 그녀의 말은 분명 옳다,

말이나 행동이 무슨 소용이겠는가, 아마도 "사랑해"라는 말 정도면

충분하겠지만 이따금, 반창고의 살짝 들린 끄트머리가

고래 옆구리에 묶인 채 죽은 에이해브[38]처럼 손짓할 때가 있다, 무언가가

강요한다, 말해지거나 읽혀야 한다고, 들리거나 잊혀야 한다고, 우리의

피부를 열고, 뼈를 제거하고, 죽을 때까지 살점을 저미는 곡,

뛰어오르는 물고기, 부자 아빠, 쉿 아가야 울지 말렴.[39]

16

애정이 없는 어떤 우아함의 상태가 있다.

음악은, 커트에 따르면, 언어가 아니다, 비록 사람들은

그렇다고 말하지만. 심지어 시도, 단어로 만들어진 것이긴 하지만,

언어는 아니다, 단어는 레이스가 달린 드레스다,

그보다 더 대단한 것은 심지어 살과 뼈로도 환원되지 않는

신부다. 나는 나 자신의 흰 드레스를 입었다,

머리를 어떤 식으로 매만지고, 그리고 제대로 된 미소를 지으려고

거울을 들여다보고는 나 자신의 눈을 들여다보았다,

진정으로 보는 것은 드문 일이고, 나는 내가

치명적인 실수를 저지르고 있음을 알았다, 그게 시다, 하지만

그래도 결국 해치워버렸다, 그게 음악이다, 우아하게 거리를 둔 채

여러 해를 보냈다, 이제는 침묵이 나의 연인이다, 그것은 내가

깨어날 때 나를 안아주지 않는다, 혹은 안아주더라도, 그 포옹은

중립적이다, 신神이나 1815년 이후의 스위스처럼.[40]

"반짝일[41] 필요는 없어요", 버지니아 울프는《자기만의 방》에서

이렇게 썼다, 오, 그게 사실이면 좋으련만, 나는 반짝이지 않는

아이들을 사랑했다, 준, 그녀의 성은 기억나지 않는다, 시들고 있는

싸구려 꽃처럼 기울어진 고개, 썩어서 연필심 색깔이 된

작은 이[齒], 심지어 4학년인데도 입고 있던 실내용 원피스,

그리고 그 아이 대니 데이비스, 죄다 잿빛인 집, 말[馬], 눈, 옷,

손끝과 지문, 구릿빛이 아니라, 자석으로 깨끗이 치울 수 있는

철 가루 같은 주근깨. 그런데 라포인트 부인은 땅에서 파낸

뼛조각 같았지만 에지 선생님은 반짝였다, 평범한 케이크처럼

둘로 갈라진 교실에서 3학년과 4학년을 함께

가르치셨다, 라벤더색 시폰 드레스에 얇은 케이프를 걸치고

학교에 오셨다, 아쿠아마린색 아이섀도, "얘야", 선생님은 내게

속삭이셨다, 몸을 숙인 채, 향수 같은 숨결을 내뱉으며, "네 아빠가

돌아가셨단다", 선생님 뺨에 거머리나 보석처럼 눈물이 매달려 있었다.

나의 가장 어릴 적 기억은 말없이 이야기를 만들어내던

것이다, 유아용 침대 머리판에 붙어 있던 개, 고양이,

나비 그림을 등장시키며, 아직 말은 하지 못했을 때다, 그러다

어머니가 방에 들어와 나를 들어 올렸고, 나는 양팔을

치켜들었다, 그건 어머니였음이 틀림없다, 물론 나는 평생

어머니를 어머니라고 불러본 적이 없지만, 나는 어머니를 이름으로,

'노마'라고 불렀고, 늘 그래왔다, 또 다른 어릴 적 기억은

장난감 가게에서 길을 잃은 것이다, 어머니를 발견하고는 양팔로

어머니의 양다리를 끌어안았는데, 그건 나의 어머니가 아니라

다른 여자, 낯선 사람이었고, 그때부터 장난감 또한

낯설어졌다, 전구 하나로 케이크를 구워내던

작은 오븐, 가짜 오렌지 나무[42] 아래에서,

버려진 닭장에서 놀면서, 내가 제비꽃이라 부르던 게

실은 석화된 닭똥인 것을 알게 되면서.

19

세 살 이후로, 나는 구원을 찾으러 다녔다, 마을은 안전한 곳으로

믿어졌고, 교회들은 슬슬 걸어 다닐 수 있는 거리에 있었으므로,

나는 감리교회, 장로교회, 침례교회로 슬슬 걸어 다녔고, 그중 최고이자

최악인, 루바브를 기르는 작은 밭과 묘지 사이에 있는 '하나님의 교회'[43]로도

슬슬 걸어 다녔다, 흰색으로 칠해지고 철자가 틀린 간판이 달린 시멘트

건물이었다, 성경 학교는 엄했고, 암기를 요구했다, 많은 종교가 아이들에게

암기를 요구하는 듯하다, 나는 《요한복음》 3장 16절을 암송하고

지붕이 반짝반짝 빛나는 오 센티미터짜리 플라스틱 여물통 모형을 받았다,

저게 바로 너희가 저지른 죄야, 선생님은 비웃듯이 말했다, 우리가 흰 종이를

안전 가위로 잘라내 만든 하트에 온통 붉은색 물방울무늬를 붙이게 한 후,

이제 가서 구원을 받으렴, 그리고 나는 그렇게 했다, 일곱 번이나, 심지어 나는

교리 문답도 배우러 갔지만 형제님은 내가 입교하기엔 너무 어리다고 했다, 형제님은

두꺼운 안경을 꼈고, 얼굴은 온통 얽어 있었다, 구원을 받은 일에서 가장 좋았던 건

나이 든 목사님의 볼록한 배로 뛰어드는 순간이었다, 목사님의 내의가 보였다.

여리고 싶은 사람이 누가 있겠나? 나는 싫다. 나는 심지어 소라게가 껍질보다

커져서 위험하리만치 여린 몸을 이끌고 인형의 머릿속으로 이사하는 모습도 본 적이 있다.

소라게여, 나는 공감한다. 어렸을 때, 나는 커다란 아기 인형의 맨발을 돌아가는

팬 날개에 밀어 넣었다. 못되게 군 것은 아니었다, 전혀. 호기심이 많았을 뿐.

인형은 발가락을 과학에 기증했다. 나는 재료를 섞어 묘약을 만들었다: 요오드,

까마중, 그리고 아빠의 애프터셰이브 몇 방울 같은 생뚱맞은 것. 그때는

이미 아빠가 돌아가신 후였지만, 약장에는 '아쿠아 벨바' 사분의 일 병이 남아

있었고, 나는 그것을 아주 조금씩 사용하곤 했다. 누군가를 독살할 생각은

아니었다, 심지어, 가슴 앞으로 팔짱을 낀 채 아빠의 복부 종양을

노려보며 마음을 굳게 먹는 법을 알려준 나의 언니도.

엄마는 문을 쾅 닫고는 차를 몰고 미시간호[44]로 떠났다. 나는 피난처가 되어주는

저류 속으로 향하는 엄마의 모습을 상상했다. 장례식에서는 래리 화이트포드[45]

목사님이 〈문이 활짝 열릴 때〉를 불렀고, 우리 셋은 러시모어산[46]처럼 거기

앉아 있었다. 어쨌거나, 아빠는 마음이 여린 사람이었다, 예수님도 그랬듯이,[47] 정말 여렸다.

21

나는 직사각형 안에서 자랐다. 알루미늄. 직사각형 장난감 상자가 있었다,

붉은색의. 때때로 나는 장난감을 끄집어내고 그 안으로 기어 들어갔다.

직사각형 안의 직사각형. 마음속으로 나는 〈나의 작은 어린 시절〉이라는

노래를 불렀다. 때로는 인형도 옆에 있게 해주었다. 나는

빨래 바구니에 넘쳐나던 더러운 빨래 더미 속에 앉아 있길 좋아했다.

효모 같은, 필멸의 냄새. 후크 반 홀란트[48]에서 하리치[49]로 가는 페리를 타고

영국해협을 건너는 고된 여정 끝에 내게서 그런 냄새가 났다.

붉은 얼굴의 동독 남자, 그는 듣지도 말하지도 못했지만

거친 손짓으로 술 한 잔을 더 주문했다. 강한 향기가 나는 포마드를

머리에 바른 영국인 군인. 스코틀랜드인 군인 두 명, 쌍둥이, 킬트 차림,

그중 한 명은 내 어머니에게 나와의 결혼을 승낙해달라는 엽서를 썼다.

하지만 어머니가 엽서를 받았을 무렵, 나는 이미 한참 전에 떠난 후였다,

수많은 계단을 올라 런던의 파란 직사각형으로 들어간 후였다, 창밖에서 시계탑

종소리가 댕댕 울려 퍼졌고, 나는 양심의 가책 없이 몇 시간이고 계속 잤다, 아기처럼.

나는 커다란 아이는 아니었다, 비록 침묵 속에서는 커다랬지만,

꼬투리와 나무딸기와 부들의 벨벳 같은 열매가 나를 가르쳤다.

과민한 소녀의 매트리스 아래에 깔린 콩알만 한 생각에서 시작된

세상처럼, 나는 거대하게, 너무 거대하게 자랐다고 했다,

나의 풍경을 이루는 괴물들에 비해: 암소, 머드퍼피들,[50]

황소개구리, 양 날개에 보랏빛 눈알 모양의 반점이 난 산누에나방,[51]

지렁이 통에 든 큰 지렁이,[52] 낚싯바늘에 꿰여 내장이 터진 개오동나무 애벌레들,[53]

뒤에 솔기가 올라온 스타킹처럼, 전투식량이나 철분제나

요통을 위한 견인요법처럼, 유행에 뒤떨어진 자연, 원인이 종양이었음을

알기 전까지 매달리고 무게추에 짓눌렸던 아빠. 분자처럼 작아진 기분을

느끼려고 나는 멀리 날아갔지만, 심지어 인파 속에서도, 나의 인생은

거대했다, 소란스러운 한 편의 비극, 그것은 극장의 천사 장식과

안이 다 비칠 만큼 얇은 보랏빛 커튼보다 커져서 거리로 마구

쏟아져 나와, 동맥 같은 독백으로 거리를 가득 메웠다.

기이한 사건은 일어나기 마련이지, 그날 밤 소녀는 열 번, 열두 번 말했다,

그녀의 선언은 내 머릿속에 수십 년간 웅크리고 있었다, 테킬라에 든 애벌레처럼,

언니와 나는 눈 때문에 추운 집에 갇혀 있었고, 어머니는 어딘가에 발이 묶인 채

잠들어 있다고 그녀는 말했다, 공공 도서관에서, 나는 페이퍼백을 담요로 삼아

덮은 어머니를 상상했다, 전기가 나가서 우리는 손전등 불빛 속에서

서로의 숨결을 뒤쫓았다, 그 소녀, 이웃에 살던 누군가는 눈 속을 뚫고 와서

우리의 비극에서 한 역할을 맡았다, 아마도 눈신을 신고 있었을 거다,

그러고도 남았다, 기이한 사건은, 그녀는 말했다, 어린 여자애들을

잿더미로 만들 수도 있는 촛불을 테이블 한가운데로 옮기며, 나는 여덟 살,

언니는 열두 살이었다, 눈보라가 언니의 다정한 면을 이끌어냈다, 평상시라면

언니는 그 상황을 기회로 삼아 나를 죽였을 것이다, 우리는 침대에 옹송그린 채

짭짤한 크래커와 마가린을 먹었다, 사레들리지 마, 기이한 소녀가 말했다, 13번가에

바람이 윙윙거렸고 전선이 몸부림치며 딱딱거렸다, 그 눈더미 아래 관 속에서

아버지는 떨고 있었고, 오, 그 주근깨투성이 예언자, 그녀의 이름은 리지 페리스였다.

내가 처음으로 홀딱 반한 사람은 와일드 빌 히콕[54]이었다, 실제 히콕이 아니라 텔레비전에서

히콕을 연기한 남자인 가이 매디슨, 폐기종으로 죽었고, 손자는 이라크에서 전사한.

카우보이들은 하루 종일 뭘 했을까, 나는 궁금했다. 총싸움 말고. 자신이 착한 편인지 나쁜 편인지

따져보며 모자 색을 정했겠지.[55] 내 모자는, 어머니가 무슨 돈으로 샀는지는 모르겠지만,

웨스트 버라이어티에서 구입한 것으로, 아주 연한 하늘색이었다. 총은 장난감 총. 나는

세 살 때도 나만의 투사물[56]을 가질 수 있을 만큼 현명했다. 나는 내가 사랑하는 존재가 될 수 있었다.

내가 어떤 존재가 될지 결정하는 동안 어머니는 간섭하지 않았다. 어머니의 절친은 유아용 침대에

파티클 보드 뚜껑을 만들어 달았다, 아이들의 방해 없이 시멘트 바닥으로 나가 하이볼을 마실 수 있게,

아이들은 모두 잘 자랐고 그녀를 몹시 사랑했다, 물론 그중 절반은 젊은 나이에 오토바이 사고로 죽었지만.

어머니는 내가 누구를 구하든 죽이든 목에 올가미를 걸고 죽든 신경 쓰지 않았다. 그것은 나의 영역이었다.

어머니의 영역은 텔레비전 식품[57]과 제임스 조이스[58]였다. 미켈이 처음으로 홀딱 반한 사람은 올가미에

목이 매달려 나선형으로 돌던 젊은 텔레비전 카우보이의 시신이었다. 미켈은 자신의 투사물을 거두어들인 후

마찬가지로 젊은 나이에 목매 죽었다. 나는 내 취향의 카우보이는 《과장된 이야기》라는 과장된 책에서

토네이도나 카드 게임이나 흰 고래에 대한 과장된 이야기를 읽는 사람이어야 한다고 결론 내렸다.

그들은 옆집에 살았다, 네 소년, 온순한 아빠, 그리고 엄마인 메리 루, 그녀는 불안정할 만한

타당한 이유가 있었고 실제로 불안정했다, 장남은 개처럼 목줄을 차고 빨랫줄에 묶여 있었고,

막내는 모퉁이에 앉아 크래커 샌드위치를 먹곤 했다, 하얀 빵 두 장 사이에

노란 머스터드를 바르고 짭짤한 크래커를 넣은 샌드위치, 어느 날 밤 그는 어쩌다

엄마의 식욕억제제를 삼키고 검은색 크레용으로 욕조에 온통 이상한 표시를 해놓고는

골동품 진열장 꼭대기로 다람쥐처럼 기어 올라갔다, 그리고 둘째나 셋째쯤 되는 얼간이 같은

아이가 내 반려 애벌레 위로 자전거 바퀴를 굴렸고, 너무 느릿느릿하게 굴려서 내장이 슬로모션으로

삐져나왔는데, 그 애벌레를 키우느라 내가 꽤 고생했다고만 말해두자, 병뚜껑에 구멍을 뚫고

먹이 먹는 모습을 살펴봤었다, 그 녀석 이름은 팻 아니면 톰이었는데, 이름이야 어쨌든

얼간이인 것은 확실했고, 나는 녀석을 자전거에서 밀어 넘어뜨리고 녀석의 배에 올라타서

입에 풀을 쑤셔 넣었다, 그들 옆집, 낮은 흰색 집에는 한 여자가 혼자 살았는데, 움푹 꺼진

거실에 하얀 샤기 카펫과 박제한 호랑이가 있고, 새장에 가두지 않은 앵무새가 이 방 저 방

날아다니며 방언을 한다고들 했는데, 진실은 알 수 없다, 나는 안에 들어가 본 적이

없고, 슬그머니 안으로 들어가 본 사람은 메리 루뿐이지만 그녀의 증언은 믿을 게 못 됐다.

진해정[59]을 너무 많이 먹어서 오줌에서 멘톨 향이 난다. 좋아서 먹는 건 아니다.

고통 때문이다. 나는 기침을 한다. 그건 고통스러운 일이다. 어렸을 때부터 사탕을

고를 기회가 있으면 빅스 로렌지[60]를 골랐다. 그러고는 남자애 옷을 입기 시작했다.

티셔츠 주머니에는 사탕 담배 한 팩을 휴대했다. 청바지 주머니에는 빅스를 휴대하고.

성냥은 볼링장에서 구할 수 있었다. 담배 끝을 그슬렸고, 한번은 담배 한 갑을

통째로 태웠다. 그래, 나는 성냥을 갖고 놀았다. 아무도 몰랐고 신경도 안 썼다.

운이 좋았다. 나는 알약을 삼키는 법을 일찍 배워서, 알약 공장에서 일하던

엄마 친구에게 공짜로 얻은 짝퉁 '원 어 데이'[61] 비타민을 먹을 수 있었다.

우선 달콤한 코팅을 빨아먹은 후 내 작은 똥 덩어리를 검게 만들던 철분을 삼키곤 했다.

나는 아빠가 아파서 기뻤다. 덕분에 아빠 곁에 갈 수 있었다. 아빠 옆에 앉아서

아빠의 차가운 뼈를 손에 쥘 수 있었다. 아빠의 몸통에 깃털 목도리나 보아뱀처럼

둘러진 푸른 정맥과 절개 자국을 더듬을 수 있었다. 나는 조용한 아이였지만

침묵 뒤에서 계략을 꾸몄다. 이미 살아남을 판을 짜놓고 있었다,

내가 탐내던 킹과 퀸이 있는 체스판 말들을 늘어놓듯. 훔친 체스판 위의 검은 군단.

27

나는 떠다녔다 날았다 지구로 떨어졌다 밑바닥의 기쁨을 알려고

그것은 때로 시내의 레디 극장[62]에 가서 손에 갈고리를 단 영감에게

티켓을 끊는 일을 의미하기도 했다 나는 두려워했다 구급차를

건물 잡역부를 칼을 산딸나무 꽃을 언니의 남자 친구들을 그중 한 명은

내 머리에 칼을 던졌고 다른 한 명은 수염을 내 얼굴에 문지르며

이런저런 말을 속삭였다 내 여성 친구들의 남자 친구들을 그중 한 명은

사격 연습장에서 내 귀 뒤쪽 뼈를 맞혔다 중성화해주지 않은 우리 집 개의

생리를 우리는 그 개에게 코텍스[63] 패드를 채운 언니의 비키니 팬티를 입혔다

눈이 사시였던 여자애를 엉뚱한 발에 신겨진 카우보이 부츠를 모반母斑이 있는

여자애를 나를 꿰뚫어보던 드와이트를 13번가에서 지프에 치여 죽은 리틀 S를

그를 친 남자는 어른들 파티에서 내 입안에 혀를 집어넣었다 예수님을

박식한 여호와의 증인에게 세상의 끝과 동의어라고 배운 종말을

부활하시는 나의 아버지를 부활하지 않으시는 나의 아버지를

나는 두려워했다 떠다니는 것을 나는 것을 밑바닥으로 떨어지는 것을.

그 술집, 월드 오브 더 새티스파잉 플레이스, 총알구멍이 난 크림색 간판. 빌뇌브의 금빛 링컨

뒷부분에 난 총알구멍, 그는 숀델스[64]의 키보드 연주자로 잠깐 활동한 것으로 여전히 재방송 저작권료를

챙기고 있었다, C형 간염으로 젊은 나이에 죽었는데, 그것은 차가운 일격이었다. 나는

그의 차에서 그에게 피클을 먹여주고 좌석에서 피를 흘렸다. 스테이트 라인 슈퍼마켓이 불타올랐다.

나는 뒤집힌 상자에 앉아 가게 주인 딸과 함께 불로 뜨거워진 피클을 먹었다. 그녀는 들떠 있었다,

인생이 연기 속에 사라진 사람들이 그러하듯. 그녀의 커다란 눈은, 〈사운드 오브 뮤직〉에서 그녀가

마리아를 연기했을 때 사람들이 그랬던 것처럼 반짝거렸다. 나는 그레틀[65]이었고, 전율했다, 비록

뇌우 장면에서 프리드리히[66]에게 맞아 기절하긴 했지만. 자동차 극장 화면도 불타올랐다, 나는 서서

지켜보았다, 민소매 내의 차림으로, 허리에 손을 얹은 채. 비극적인 광경은 나의 왕국이었고, 나는 그 왕국의

무자비한 여왕이었다. 그날 엘비스는 처절하게 죽어갔다, 얼굴에 미소를 띤 채 대관람차에서 산 채로

타오르며. 다른 사람 손에 내가 처음 전율한 것은 트윈[67]이 내 등허리에 앉아 등을 간지럽혔을 때다.

백인 예수쟁이 아이들이 그녀를 건드리기 전의 일이다. 그녀가 춤을 못 추게 하고 치즈버거를 못 먹게 했다.

안경을 부러뜨리곤 그녀가 보길 원하면 하느님이 눈을 치료해주실 거라고 했다. 그녀의 손은 억셌다. 손가락은

길었다. 나는 그 바로크적[68] 쾌감을 어떻게 표현하면 좋을지 몰랐지만, 그녀에게 고마워할 만큼 어리석진 않았다.

29

꼬리표는 이제 내게서 스르륵 떨어진다 내가 어둠 속에서

어떤 아빠 같은 남자와 있었을 때 입었던 옷처럼 나는 나의 거대한 정신으로

누구든 아빠 같은 남자로 만들 수 있었는데 나는 열네 살 때 세상일을

그런 식으로 생각했다 어떤 강간범이나 다름없는 놈이 강기슭에 있는 자신의

방 두 개짜리 집에서 내 뺨에 흐른 눈물을 밀크위드 씨방으로 문질러

닦아냈을 때 고향의 퍽커슨Fuckerson 파크에서는 정말 많은 소년이

부모 없이 살았고 그곳에서 우리 중 몇몇은 흙길 쪽으로 금방이라도 넘어질

듯이 불안정하게 발길을 옮겼다 흙길 쪽 판잣집은 쿨에이드[69] 색으로 칠해져 있었고

이름 없는 좁은 길들은 밥스 컨트리클럽으로 이어졌으며 개들의 이름은

전부 '피 홀'[70]이었고 주님께서 로즈를 복권 당첨으로 이끄신 후 지어진

커다란 식민지풍 조립식 주택 한 채가 있었다 하지만 우리가 로즈에게 품은 원망에 비하면

복권 당첨은 아무것도 아니었다 그녀는 말하길 심지어 예수님도 그녀를 원망했고

그분이 늘 그러하듯 종이에 베이는 듯한 상처를 수없이 안겨줬다고 했다 그 덕에 우리는

기분이 좀 나아졌고 그게 바로 세상에서 가장 아빠 같은 남자인 예수님이 하시는 일이다.

갑자기 데이비드가 긴장증 상태에 빠졌다, 자세를 취해주면 그는 그 자세로

가만히 얼어 있었다, 그때 스티브가 나타났다 당시 US 31이라 불리던 고속도로에서

오토바이를 타다 튕겨 나가 피부가 홀딱 벗겨진 채, 그저 미시시피강의

바지선에서 일하다 발견한 머리빗을 내게 가져다주려다가, 그는 얼굴에 피가

흐르는 가운데 미소를 지었고, 자신의 불행 중 행운에 캐나다 두루미처럼 소리 내어

웃었다, 우리는 히치하이크해서 오클레어로 가 아이스크림을 먹으며 얼마간 즐거운

시간을 보냈다, 작은 콘 하나가 전부였다, 그는 하모니카를 불고 나는 콧노래를

불렀다, 도로는 뜨겁고 평평했다, 물의 신기루로 잔물결을 일으키며, 하지만 즐거운 시간은

사랑 이야기를 만들어내지 않았고, 그래도 나는 그의 남은 옷을 벗기고 과산화수소 한 통을

상처 그 자체인 그의 몸에 모두 붓고는 그에게 추레한 셔츠와 바지를 입혀주었는데

그것은 내가 부랑자 코스튬으로 유용하게 써먹은 것이었다, 비록 녹색 모자는 비에 젖어

흐물흐물해졌지만, 그러고서 나는 그에게 묽은 통조림 수프를 먹여주고, 그를

기차에 태워 집에 보냈다 비록 돈은 내가 내지 않았지만, 그 시절 내게는 돈이 없었고,

나는 신神도 데이비드도 사랑하지 않았다, 심지어 그의 몸이 다시 녹았을 때도.

31

나는 다시 마약을 원한다; 변덕. 광분, 들뜸, 후아니타와 함께

미사를 보러 갔을 때처럼, 우리는 열두 살이었다, 나는 가톨릭

신자도 아니었다, 우리는 성인들의 이름을 듣고 배를 잡고 웃었다,

리노, 클레토, 클레멘스, 식스토, 머릿속에서 불꽃이

튀었다, 나는 비위가 좋았다, 악어나 머리가 달린

토끼, 생선 알과 눈알을 먹곤 했다, 마우스 하프[71]를 연주하며

히치하이크하곤 했다, 엄청난 곤경에 처한 채, 트럭

운전석에서 끔찍한 두 시골뜨기 사이에 끼어 앉아서, 앞 유리를

뚫고 들어와 내 무릎 위로 떨어진 쇠콘도르 한 마리가 나를

구했다, 그날 예수님은 나를 보살펴주고 계셨다, 안개 속에

빙산처럼 솟아오른 술집에 가서 살해당하지 않은 것을

자축했다, 나는 내가 기모노라 부르던 훔친 파란 스모킹 재킷[72]을

입고 있었다, 그래 나는 악당, 멍청이, 코르넬리우스, 키프리아누스,

크리소고노, 코스마스 그리고 다미안이었다.

구혼자들이 젊은 과부를 내리 덮쳤을 때 그의 육신은 채 식지도 않은 상태였다,

무덤 위 땅은 여전히 촉촉했다, 계절은 봄이었고, 몇 달 전 대통령이 총격을 당했을 때였다,

새 둥지는 무덤 파는 사람의 작업을 조롱했다, 썩은 고기를 먹는 새처럼 구혼자들이

사방에서 내리 덮쳤다, 첫 번째는 장례식 후 밤에 추잡한 전화를 걸어온 길 건너편에 사는

계란형 머리의 남자, 그다음엔 차고에서 옷 가방 옆에 선 그녀를 구석에 몰아넣은 남자,

그리고 창문으로 훔쳐보고는 딱따구리처럼 창문을 톡톡 두드린 두 형제, 그리고 스쿨 링[73]

판매원, 그리고 샌더스 대령을 닮은 노인, 그리고 아내가 결박되어 전기충격 치료를 받는 동안

그녀를 내리 덮친, 인디애나주 워배시 출신인 그녀 친구의 남편 앨, 그리고 밤에

곰처럼 그녀의 이름을 외치며 방충망 문을 긁어댄 목소리 큰 작은 남자,

불과 몇 달 전 그녀는 텔레비전에서 대통령 장례식을 보았다, 그곳에는 기수가 타지 않은,

등자에 부츠가 거꾸로 달린 말 블랙잭,[74] 그리고 검은 베일을 두른 채 허리를 꼿꼿이

펴고 걷는, 과부가 된 영부인이 있었다, 그리고 이제 울새들은 늘 그래왔듯 깡충깡충 뛰어다녔고,

그들의 노래는 공기 중에 현絃처럼 얽혔다, 그녀는 어떻게 그 구혼자들을 물리치고

대학에 가서《율리시스》를 읽고 그 수동 타자기로 논문을 쓰며 언니와 나를 먹여 살렸을까?

올해의 새끼 양은 멍청하다 하지만 새끼 양은 원래 멍청하다

녀석들의 자그마한 뇌 구식 미소 새끼 양에게 인간은

전부 똑같다 숫양은 전부 똑같다 암양은 전부 엄마다

우유는 전부 내 것이다 새끼 양은 전부 나다 풀잎은 전부

사랑할 줄 모르는 하나의 풀잎 돼지와는 달리

돼지는 기쁘게 해주려 하고 구체적으로 명시하려 하고 충직한

개처럼 뒤를 졸졸 따르고 개처럼 놀라울 만큼 부드러운 혀로

핥아대고 끌려갈 때 차에 실려 갈 때

시장으로 끌려 들어갈 때 슬퍼한다

도축 체중이 될 때까지 너무 오래 잡아두면 슬픔으로

죽을 수도 있다 그리워한다 언덕을 안개를 그녀를

그녀가 헛간으로 올 때 몰던 낡은 트럭을 닭들을

닭들은 자아라는 게 아예 없고 한 몸처럼 갈망하고 평평한 땅을

쪼고 한 몸처럼 일어났다가 한 몸처럼 쓰러진다 떨어진다 비처럼.

어떤 여자는 눈에 문제가 있어서 까치발로 걷고

어떤 남자는 뇌에 문제가 있어서 몸을 떨고 또 다른 남자는

뇌에 문제가 있어서 넘어지고 뇌에 문제가 있어서 다시

일어나고 어떤 이는 집을 떠나려 하지 않고 또 다른 이는 집으로 돌아오려

하지 않고 어떤 이는 포도나무 잎을 떼어먹는 염소를 가졌고 어떤 이는

돼지를 도살했는데 아이들이 그것을 베개처럼 베고 잠들었고 어떤 이는

주님을 찬양하다가 심한 발작을 일으키고 어떤 이는 찬양하며 울부짖고

어떤 이는 그 울부짖음에 귀를 닫고 어떤 이는 야생 루핀[75]에 대한 기억에

사로잡혔고 어떤 이는 수컷 염소수염[76]의 화려한 꽃과 사사프라스의

루트 비어[77] 냄새를 떠올리고 어떤 이는 케이블 감개 위에 서서

성장이 멎고 근친교배를 한 새끼 양들에게 동화를 읊어주고 어떤 여자는

뇌에 문제가 있어서 기억력이 왜곡되었고 어떤 남자는 눈에 문제가 있어서

망각 능력이 고장 났고 어떤 이는 빗속에서 떨다가 균사체 꽃잎을

피워냈던 땅별버섯[78]이 사라졌을 때를 회상한다.

새끼 양이 자기 다리에 올라타자 릴은 양 때문에 짜증이 날

지경이라고 말하고는 녀석을 박람회에 내놓길 거부했고 그래서

엘이 녀석을 억지로 떠맡았다 엘은 이른바 벽돌로 지은 옥외 변소처럼

단단한 체격을 지니고 있었다 억울해하고 순종적이고 참을성 있었으며

실제로 느끼고 배려하고 어쩌면 사랑까지 하는 돼지를 선호했다

릴은 핸드백에 토끼를 넣고 다니는 부류의 사람이었다 검은 토끼

빨간 핸드백 토끼는 충분히 행복해 보였다 꽃가루처럼 날리는 치토스 가루에

뒤덮인 집 릴은 자신이 사는 빈민 주택 단지를 분홍색 선박으로 칠해진

밀크위드 씨방이라 불렀다 창문형 선풍기의 바람을 타고

떠다니는 솜털 머리를 매끈하게 넘기고 이마에는 포니테일로 질끈

묶은 머리가 내려와 있고 카우보이 셔츠는 청바지 안에 집어넣은 엘

이 일에서는 동물의 기량뿐 아니라 어떻게 보이는지도 중요하다고

그녀는 생각했지만 그 생각을 절대 입 밖에 내진 않았다 그리고 가능한 한

생각을 적게 하려 했다 일등상을 받길 원한다면 평정심을 유지해야만 한다.

돼지와 새끼 양과 토끼를 경매로 팔아치운 후 그들은 삼십 달러짜리

염소 한 마리를 사서 눈송이 브라우니라는 이름을 붙여주었고 두 번째 염소는

쿠키 반죽 세 번째 염소는 브랜던이라고 불렀다 하지만 이름들은 뒤섞여서 결국 모두

힐링 염소로 불리게 되었는데 폭찹 샬럿 코튼캔디 소피 조이 클로에를 키워

결국 도살용으로 팔아야 했던 일로 딸들이 망가지지 않게 하려고

데려온 것이었기 때문이다 염소에게 이름을 붙여준 건 실수였지만

아이들은 심지어 돌에도 이름을 붙인다 어렸을 적 나는 돌멩이에게

번트 엄버[79]라는 이름을 붙여주고 반지 상자에 담아 호주머니에 넣고 다녔다

내가 결코 갖지 못할 말[馬]의 상징물로서 어린 딸은 염소의 가로로 긴 눈동자와

빠르게 뛰는 심장에 스스로 위안을 받는 쪽을 택했고 그리하여

완전한 감상주의자로 자라난 반면 언니 쪽은 힐링으로 슬픔에서 벗어나기 싫어 염소와

적당한 거리를 유지했는데 그 슬픔은 실은 무력한 신을 향한 분노였고 그녀는

다시 사랑할 수 없게 되었지만 결국 제법 부유한 농장주가 되었다

헌신적인 냉소주의자가 된 그녀의 입은 측심줄[80]처럼 일자로 팽팽히 당겨져 있었다.

37

부모는 작은 에덴동산을 건설하려 했다 지상 수영장 크레용이

가득 담긴 시가 상자 24시간 이용 가능한 정크 푸드 그리고 아이들은

언제 어디서든 먹을 수 있었고 먹고 나서 치우지 않아도 됐다

작은 테이블 위에 놓인 눅눅해진 설탕 시리얼 타파웨어 그릇들 소파에 묻은

리틀 데비[81] 스낵 크림 뭐 어때 짧은 인생인데 팔렸거나 죽은 동물을

대체하는 새 동물 사방에 헛간 고양이가 넘쳐나더니 결국

근친 교배로 생긴 모든 새끼가 눈먼 채로 태어났다 염소들의 폐에는

폐선충이 생겼고 멀쩡한 염소들은 울타리를 뛰어넘어 달아났다

통제 불가능한 개는 본 스트리트에서 아이스크림 트럭에 치여 으깨졌고

트램펄린은 토네이도에 날아가 나무에 꽂혔다

길가 양심 판매대에 내놓고 팔 작물은 결국 결실을 맺지 못했다

겨우 수확한 작물로 벌어들인 돈은 우체부의 아이들에게 도둑맞았다

그러니 결국 그건 모두 헛수고로 판명이 났다 아이들은

우리와 마찬가지로 삶보다는 죽음에 대해 더 많은 것을 배웠다.

분만하는 암퇘지의 뚱뚱한 고통. 피와 건초의 짭짤하고 달콤한 냄새

유원지에서 나는 것 같은. 소녀들은 새파랗게 태어난 돼지에게 배운다. 릴은 울고, 엘은 말한다

뭐 그럴 수도 있죠, 엄마. 브라이언은 열차 일을 하러 나갔다. 선로에 뛰어들어 자살하려는 사람을

살피며 지켜본다. 체감 온도 영하 사십도. 릴은 살아 있는 돼지 한 마리를

외투 속에 품고 있다. 외투 자락 밖으로 늘어진 돼지의 회색 탯줄. 잠옷 위에서 피가

얼어붙는다. 어미는 새끼들의 근사한 몸을 하나씩 밀어내느라 진통을 겪는다. 돼지 몸에는 생각보다

털이 많다. 얼음처럼 하얗고 긴 속눈썹. 새끼는 죽은 녀석까지 합치면 모두 여덟 마리,

어미는 잠결에 몸을 굴리다 새끼 한 마리를 짓눌렀다. 가장 큰 녀석에게

그들은 무스라는 이름을 붙여주었다. 이름도 없는 가장 작은 녀석은 이름 따윈 신경 안 쓰고

계속해서 젖꼭지를 찾아간다. 암퇘지는 그 어떤 새끼도 사랑하지 않고, 자신을 돌봐주는

여자만 하염없이 생각하고, 그녀가 헛간에 오기 전까진 아무것도 먹으려 하지 않는다.

살아남은 새끼들의 운명: 팔려 가거나, 반려동물로 키워지거나, 자라서 도살장에

끌려가거나, 번식용 어미가 된다. 몇몇은 빗속에서 선로를 따라 돌아다닌다

그러다 기차 앞으로 뛰어들었던, 노래하는 목사의 딸 주디처럼.

39

예수 캠프의 장로님이 죽었다! 성금요일에 고등학교 주차장에서 거대한 십자가를 끌던

그레그의 아버지가 죽었다! 분홍색 실내복을 입고 고등학교에 오던

채러티[82]의 아버지가 죽었다! 하얀 발목 양말. 교정용 신발. 오리 표정[83]을 한

채러티, 예수님이 너무 일찍 훔쳐 간. 횡령한. 우리가 준비되기도 전에 천국으로

납치해 간. 너무 불공평해요, 우리는 외쳤다! 자면서 이를 갈았다. 치과용 스플린트[84]를

구해야 했다. 천국 거리가 황금으로 덮여 있다 해도,[85] 우리는 말했다. 채러티가 금을 조금

떼어내 그것으로 화장품을 살 수 있다 해도. 천국에 훅스 드러그스토어[86]가 있는 것도 아닌데.

모든 게 예쁜 곳에서 예쁜 건 중요하지도 않은데. 장로님은 미소를 지었을 뿐이다.

늘 그랬듯 입가에 풀잎을 물고서. 채러티는 장로님의 딸이었지만

장로님은 이렇게 말했다, 인용하자면 "몸을 떠나는 것은 주님 곁에 사는 것입니다!"[87]

그곳은 정확히 어떤 모습인가요, 우리는 외쳤다. 그곳에는 의자가 있나요? 그곳에는

돌볼 새끼 양이 있나요? 돌볼 새끼 양이 없으면 우리가 어떻게 되는지 알잖아요! 그는 채러티가

앞으로 다가올 일의 예고편을 보여주기라도 한 듯한 눈빛을 보였다. 그러나 그의 입술은

굳게 닫혔고 이제는 영원히 닫혀서 남은 건 동굴[88]에 울리는 메아리뿐이다.

그곳은 매혹도 방탕도 없는 땅이었다 목격된 것도

만들어진 것도 없었다 환시vision도 구분division도 없고 버거 셰프도 없었다

그곳에는 지붕에 금속 소를 올린 B&L도 없고 고기 패티도 없고

스모키 조도 없고 바비큐 숯도 없고 K마트도 없었다 그곳에는

K마트 서브마린 샌드위치도 없고 가득 담긴 상품으로 터질 듯한 블루 라이트

스페셜[89] 카트도 없었다 그곳에는 플로리다에서 방문한 플리퍼[90]가 그려진

탱크가 있는 주차장도 없었다 주州 이름도 없고 주 경계도 없었다

그곳에는 후디니 주니어[91]도 없었다 맹꽁이자물쇠로 잠근 사슬에 감긴

후디니 주니어를 담아 다리에서 강으로 던져진 상자도 없었다

그곳에는 주크박스도 없었다 앨 그린도 없고 샘도 없고 태미[92]도 없었다

그곳에는 영혼도 없었다 튀긴 흰살생선도 없고 이동 주택도 없었다

그곳에는 감미로운 유혹도 없었다 택지 구획subdivision도 없고 고랑도 없고 공장도 없고

아름다움도 없었다 식충 식물만 있었다 그곳에는 벌레잡이통풀과 끈끈이주걱과

늪지에서 줄기 끝에 매달려 고개를 끄덕이는 입술 모양[93]의 보랏빛 꽃이 있었다.

41

그 고층 건물이 있기 전에 '화이트 래빗'이 있었다. 양말을 채워 넣은 브래지어, 산들바람만
불어도 그때가 떠오른다. 젖가슴을 원하던 소년들. 망치질하듯 바람을 딱딱 두드리던 바람.
너무 화려하던 '미스터 K'. '사탄스 인'을 기억하나. 그곳 당구대 위에서 어떤 년을
두들겨 패버릴 뻔했었지. 붉게 밝힌 그 시절 유리 바닥. 지금은 병원이 된 대저택,
성당 건너편에 있던 정자, 조 새비지와 그의 뱀 쇼, 미시즈 펑크를 기억하나.
아직 매표 창구가 있던 그때 그 시절의 정거장 옆 매음굴을 기억하나.
그들의 이가 작든 초록빛이든 아무도 신경 쓰지 않았지. 패커스 연못은 어디였고,
페니스 록은 어디였더라. 베티가 철사 공장 남자 구역에서 일하려고 붙였던 콧수염을
누가 기억하나. 불가사의한 죽음을 맞이한 숀델. 퍼커 로드의 암 집단 발생 지역을
기억하나, 우물에 뭔가 문제가 있었지, 구덩이에 청산가리를 버리고 그 위에 지었던
우물. 갈색 구름. 빌이 다이빙하다 목이 부러졌을 때 사람들은 그가 익사한 척하는
거라고 생각했지. 누가 시미[94] 춤을 추었고, 격렬히 키스했는지. 코로 담배 연기를
들이마시고, 자위했는지 기억하나. 강은 '원더랜드'와 단추 공장을 마셔버렸다.
홍수 이후로 모든 게 흐릿해졌다. 남은 건 과거뿐이고 우리도 과거였을 뿐.

녀석들이 어슬렁거리며 들어온다, 사우스다운종種 두 마리, 늘 미소 짓는 그 새끼

양들, 행복해서 미소 짓는 것은 아닌 검은 양들, 녀석들이 어슬렁거리며 들어온다,

우리가 잭과 질이란 이름을 붙여준 쌍둥이 양들, 양털은 빗속의 안개나무를

닮았고, 매애 하고 엄마를 찾는 가망 없는 울음은 우리에게 가망 없는

희망을 가져다주며, 눈동자는 관 뚜껑처럼 가로로 길고, 속눈썹은

인간적인, 시각 장애인의 속눈썹처럼 하얗고 두드러진, 녀석들은 곰곰이 생각한다,

먹이에 대해 명상한다, 녀석들은 여러 개의 위장 같은 자아들로 먹이에 대해

사색한다, 그러다가 질이 반기를 들며 사과나무와 바위느릅나무가 자라는

언덕을 오르고, 추종자인 잭이 질을 따라 이름 없는 전설 속 언덕을

올라 연옥에서 졸졸 흘러나오는 개울로 간다, 쌍둥이 양이 찾는 것은 바로

이 샘물이다, 그래, 그것은 푸르고, 그래, 그것은 달콤하다, 양동이의 쇳내 나는

뒷맛 없이, 그리하여 녀석들은 오솔길을 벗어난다, 라벤더가 엮인 자신들의

밀짚 침대를 버리고, 목 끈과 구리종을 버리고, 목초지를 가로질러 성큼성큼

걸어가며 절대 내려오지 않는다, 자신들의 향기로운 사과꽃 왕관도 저버린 채.

43

그는 우리에게 왔다 우리와 함께 여기까지 내려왔다 그는 좁은 길을 걸어

우리에게 왔다 그는 우리를 약탈했다 그는 우리의 물건을 훔쳤다 그러고서

그는 우리 물건을 훔친 바로 그 도둑을 숭배하라고 우리에게 명령했다

그는 빈손으로 우리의 선반을 쓸었다 그는 우리의 먼지를 자기 멋대로

빼앗아 갔다 그는 염소를 풀어주었다 젖 먹이는 어미들을 송아지들과 재회시켰다

그는 축 늘어진 우리의 과일을 반으로 잘랐다 우리의 욕망을 침해했다

그는 야생 고양이들에게 최면을 걸어 녀석들을 오줌 자국이 있는 헛간 구석에서

오싹한 빛 속으로 내보냈다 그는 잿더미가 된 우리의 황폐한 지역을

기생충과 진드기를 없애려고 우리가 태워버린 들판을 지나 성큼성큼 걸어갔다

그는 우리의 씨앗을 덫으로 붙잡고 우리의 연약한 벌들을 흔들어 괴롭혔다

그는 우리의 아이들을 불러 모았다 부정하게 얻은 신발에 더러운 발을

쑤셔 넣은 아이들을 메스[95]와 선더버드[96]로 인해 푸른빛으로 물든 양막낭에 있다 태어난

자식들을 그는 우리를 약탈했다 협탈했다 그는 우리를 백탈白奪하고 우리에게

못을 박고는 우리의 세븐일레븐을 털고서 우리를 천국으로 끌고 갔다.

44

몇 년 동안 나는 베이브의 집 지하실에 있는 낮은 금빛 소파에서 밤을 보냈다,

장작 난로 바로 옆에서, 엄마는 자기 집에서 쫓겨난 상태였다, 얘기하자면 길다,

그래서 언니와 언니의 아이들과 남편은 그곳에서 살 수 있었다, 그들은 다리를 건너

고향으로 돌아와 있었는데, 엠[97]의 두 심실 사이에 구멍이 났기 때문이다.

엄마는 원룸에 머물렀다, 도로에서 벗어난 곳에 있는 이동 주택 주차장

뒤쪽에 웅크린 작은 집, 석유램프, 나는 잘 곳이 없었다, 그래서 나는 마당을 가로질러

달려가 철조망 밑으로 기어 베이브의 지하실 문으로 갔다, 그들은 나를 위해 문을

열어두었다, 오줌이 마려우면, 나는 한밤중에 문밖으로 슬쩍 빠져나가

짐승처럼 오줌 줄기를 뿜어냈다, 쪼그리고 앉아 눈[雪]에서 김이 나는 모습을 지켜봤다,

그러고서 다시 들어가면 그곳 장작도 짐승 같았다, 자리를 잡고 서로를 푸른 혀로

핥고 있었다, 그때는 빅[98]이 아직 살아 있었다, 빅 아저씨, 아저씨는 그곳 아래층에서 광물을

손질하는 가게를 운영하고 있었다, 마노와 호안석, 골라봐, 한번은 아저씨가 말했다, 그래서

나는 파이어 오팔을 골랐다, 그때 우리 삶의 조건은 형편없었던 것 같지만 나는 평안했다,

난로의 입에 장작을 넣어주며, 보석들과 함께 홀로, 전설 같은 그곳 지하 공간에서.

45

한때, 나는 그레이하운드 버스를 타고 얼음같이 찬 다리를 건너

북쪽으로 갔다, 그 다리를 건너느라 밤을 꼬박 새운 듯했다, 하늘에서 나사를

풀어내 검은 전기 테이프로 전선과 주탑에 덕지덕지 붙여놓은 별들이

늘어선 다리, 온갖 인간의 숨결로 뿌예진 버스 창문, 연인들, 수음하는 자들,

동상에 걸려 무감각해진 채 테두리가 온통 검게 변해가는 달,

가는 길에 마주친 수많은 정류장, 판자를 댄 주유소와 가게, 흔들리는 경고등,

단풍나무 가지에 고개 숙인 채 매달린 도살된 사슴, 푸르게 빛나는

눈 위의 얼음층, 내가 사랑하게 된 쓸쓸한[99] 외로움에서 탑승하거나

그 외로움으로 하차하는 텅 빈 눈의 어느 열간이, 내가 사랑하게 된 것은

외로운 자들이 아니라 외로움 그 자체였다, 2번 고속도로의 목적지에 이르렀을 때 바깥에는

잭스[100]가 있었고, 야생 블루베리 파이가 생각났지만 문은 닫혀 있었고, 운전사는

화물칸 문을 열더니 버스 뱃속으로 기어들어 가서 짐을 챙기라고 했다, 버스가 멀어질 때

붉게 빛나던 배기구, 그날 밤은 멀리까지 걸었다, 그러고는 허리까지 쌓인

눈을 지나 판잣집으로, 난방시설은 없고 장작뿐, 포크너의 책과 깃털 침대.

나는 여러 곳에서 잠을 자왔다, 여러 해 동안 순전히 운으로

내 인생에 굴러든 매트리스 위에서, 아이 때는 젖은 시트 위에서, 나는

나 자신을 통제할 수가 없었다, 십 대 때는 아버지가 마지막으로 석류를 드신

침대 위에서, 배수로의 귀뚜라미와 닭 뼈 사이에서, 무너져 가는 성의

호화로운 경내에 있는 헐벗은 풀 위에서, 펄럭이는 독일 서커스 천막 안에서,

비스듬히 세운 가림막에서, 병든 송아지의 배에 머리를 얹고서, 뾰족뒤쥐가

우물물이 담긴 양동이 안에 떠 있으려 발버둥 치던 끔찍한 어둠 속에서,

파란 종탑 안에서, 들쥐가 속을 갉아먹고 있는 분홍색 소파 위에서,

미켈과 함께 로커스트 플레이스의 텔레비전 빛이 비치는 맨바닥 위에서,

바퀴벌레 껍질이 있는 호박빛 왕좌[101] 위에서, 묘지에 떨어진 솔잎 카펫 위에서,

이제는 대형 교회 신도가 된 고등학생 남자들과 함께 야생 능금나무에

둘러싸인 클럽 회관 안에서, '젊음의 샘'[102]을 한 모금 마신 후

세인트오거스틴의 어느 호텔 욕조 안에서, 벼랑 끝에서 춥게, 철로 위에서

기절한 채, 나의 새끼 양을 라일락 무더기처럼 껴안은 채 병원 침대 위에서.

47

뉴욕에서 보낸 첫날밤, 나는 정말 아름다운

좆이었다, 할례당한 나의 영혼, 감싸줄 포피가 없는,

일종의 레오타드[103]를 걸친 채 금빛 천을 허리에 두르고

안전핀으로 고정한, 나는 짜깁기 바늘로 귀 한쪽을

뚫은 상태였다, 귀를 무감각하게 하기 위한

각얼음, 아프게 하다: 내가 알던 유일한 동사, 그 귓구멍으로

금빛 안전핀을 찔러넣었다, 그 시절 소녀들이 격자무늬 천 치마에

꽂고 다니던 종류의 안전핀을, 그리고 그 첫날밤의 케브,[104]

그의 사악한 초록색 가운, 용납할 수 없을 만큼 매혹적인

그의 코, 그의 두개골 내부에서 벌어지는 위험한 구경거리를

전시하기 위해 커터 칼로 얼굴에서 눈알을 정확히 도려내 뚫은

눈구멍들, 롤랑 바르트: "나는 이런 행운을 얻은 것을 믿을 수가

없다: 내 욕망에 걸맞은 것을 만났다는 행운을", 그리고, 여기에

덧붙이자면, 나를 도살할 남자를 만났다는 행운을.

나는 〈군중 속의 얼굴〉[105](1957)을 보고 있다, 퍼트리샤 닐이

케이 메드퍼드가 연기하는 론섬 로즈의 첫 아내를

만나는 장면, 두 여자가 처한 상황은 뭔가 묘하게

익숙한 구석이 있어서 나를 동요하게 한다,

여기 앉아 그 장면을 지켜보는 나를, 나 역시

그랬던 적이 있다, 수천 번도 더, 다리로 앤디 그리피스의

종아리를 감싼 치어리더 리 레믹과 곤경에 빠진 채

방치된 퍼트리샤 닐, 남부 억양으로 낮고 늘어지게 말하는

그녀, 나도 그랬던 적이 있다, 여기 앉아, 저런 장면을

지켜보며, 이런 감정을 느꼈던 적이, 올리버 스트리트에 있는

리틀 쓰촨에 처음 갔을 때처럼, 뜨거운 차로 테이블을 닦는

종업원들, 내 앞에 통째로 놓인 생선, 케브는 젓가락으로

눈알을 뽑아내 내 쪽으로 내밀었다, 그 후로 수천 번이나

되풀이된 거울 벽에 비친 나의 떡 벌어진 입.

49

나는 쉴 수가 없다, 플립 북의 페이지처럼, 검은

외투와 베일과 버클 네 개짜리 아크틱 부츠

차림으로 자신의 돌아가신 부모님, 전쟁에서 죽은

약혼자와 이야기하러 묘지 길로 향하며 매일 우리 집 앞을

지나치던 헤이즐처럼 내게 덤벼드는 삶의 파편들에서

위안을 얻을 수가 없다, 그녀가 중요한가, 내가

그녀를 따라가서 엿들었다는 사실이,

혹은 한 편의 소네트가 대체로 편집실 바닥에

버려지고 말 긴 셀룰로이드 띠의 한 프레임이라는 사실이

중요한가, 이미 죽은 지 오래인 케브가 스텐벡[106]으로 〈레이더 엔젤〉을

작업하던 때처럼 편집실이라는 게 있던 시절에 그러했듯,

나도 그때는 봐줄 만했다, 파란색으로 염색한 긴 머리,

흰 원피스, 내가 누구인지 혹은 무엇이 되어야 하는지 몰랐다,

티스푼을 들고 슬로모션으로 휘핑크림이나 떠먹으며.

나는 영화 쪽에서 일했어야 했다. 나는 그림을 그리거나 밴드를

결성했어야 했다. 나는 아무것도 확신하지 못해, 문신文身이 말했다.

집이 어디지, 닭들이 긁는 소리를 냈다. 나는 기회가 있었을 때

스톤스[107]를 만났어야 했다. 키스[108]가 내 존재를 뒤집어놓게

했어야 했다. 결국 죽거나 미쳤어도 뭐 어때. 나는 크지만

이 감정은 그보다 더 크지, 사일로[109]가 속삭였다. 나는

영화 스크린이야, 목초지가 느릿느릿 말했다. 나는 아기를 지우지

말았어야 했다. 가난이 뭐 대수라고. 나는 여우 얼굴의 꼬마 불량배를

사랑할 수도 있었다. 나는 가슴이 풍만해, 대초원이 나직이 말했다.

나는 급진적인 길을 걸었어야 했다. 나는 치어리더의 길을

갔어야 했다. 척이 입대하기 전에 그와 결혼했어야 했다. 내가

스타라면 어떨까, 새끼 양이 말했다. 스타, 햄이 말했다. 스타, 오리가

말했다. 스타, 트럭이 말했다. 스타, 별star이 말했다. 이 음악은 음표가

아닌 소리에 대한 것인가. 그게 희미한 빛의 일렁임을 송출하면 어떨까.

낯선 이들 사이의 파티, 펑크족, 가죽 모자와 스트랩 복장, 내 입술 사이로

퀘일루드[110]를 밀어 넣었다. 밀어 넣어지는 것을 나는 삼켰다. 내가

금빛 립스틱을 바른 모습을 상상하기 어려운가? 나는 그랬다. 내가 멍청하게

구는 모습을 상상하기 어려운가? 나는 낯선 이들 사이에서 빵처럼 건네졌다.

며칠 밤 동안 나는 '신상'이었다. 그러고는 그냥 '물건'이 되었다. 낮에는

빈티지 옷 가게를 운영했다, 카드놀이용 테이블에 앉아서 시가 상자를 현금

서랍으로 사용하며, 그곳은 낡은 원피스와 턱시도 걸이 몇 개를 두기에도 너무

좁았다. 매일 폴란드에서 막 도착한 시나리오 작가가 나와 마주 보고

앉았다, 무릎을 맞대고, 그러고는 자신의 끔찍한 시나리오를 소리 내어 읽어주었다.

그는 논평을 원했지만, 내가 그렇게 해주자 나를 비웃었고, 한번은 심지어 얼굴에

침까지 뱉었다. 나는 그에게서 벗어나려고 일을 때려치웠다, 때려치웠다기보다는 그냥

어느 날 더는 나타나지 않았다. 그때는 다 그런 식이었다. 나는 무가치했다, 안 그런가?

모두가 가치를 지니려고 안달인 요즘으로서는 이상해 보이는 일이다. 나는 휙휙

돌아다녔다, 훔친 빈티지 토플리스 옷을 입고서. 나는 '작자 미상'인 책의 작자였다.

접시 하나, 숟가락 하나, 포크 하나, 무딘 나이프 하나를 가지는

것에 대해, 붉은 여행 가방을 들고 떠돌이 생활을 하는 것에 대해,

배고프면 먹는 것에 대해, 피곤하면 눈 좀 붙이는 것에 대해 뭔가

해야 할 말이 있다, 기운찬 성격이시로군, 뉴욕에 살았을 때 조이스

제임스가 내게 말했다, 우리는 금요일 점심시간에 택시를 타고 레코드 가게로

가는 중이었다, 수십 년이 지난 지금 나는 내가 기운찬 성격이 아니었다는 걸

안다, 그저 사랑을 원했을 뿐, 물론 그게 무슨 의미인지는 나도 모르겠지만,

뭔가 미스터리 같다, 다른 누군가가 지닌 미스터리의 문 앞에 겸허히 서서,

적어도 가끔이라도, 경첩이 돌아가는 소리가 들리길 바라는 것, 지금도 미스터리고

그때도 미스터리, 레코드 가게의 한 남자에게 가서 〈레퓨지〉[1]를 누가

불렀는지 묻자 그가 "제가요"라고 대답했을 때처럼,

그러고서 앨범을 찾아 커버 사진을 보고는, 나의 질문을 받은 사람이

내가 배고프고 힘들고 고독했을 때 라디오에서 들은 톰 페티의 노래를 불렀던

바로 그 톰 페티였다는 사실을 깨달았을 때처럼.

마거릿 생어[112] 센터에서 첫 번째 시술을 했지, 나는 깨어 있었고 나 자신이 몹시

안쓰러웠어, 그러고는 아기가 어떻게 만들어지는지도 모를 만큼 어벙한 데다 사랑도

필요했기에 또다시 실수를 저지르고 말았을 때, 얘, 나는 〈비버리 힐빌리즈〉에

등장하는 드라이스데일 씨의 비서처럼 경쾌하고 효율적으로 두 번째 시술을 준비했지,

이번에는 제대로 할 거야, 나는 실제로 그렇게 큰소리로 말했고, 그러고는

돈을 좀 꾸었어, 마취로 완전히 기절해서 아무것도 느끼지 못하도록,

의료진은 낙관적인 세트리스트를 선보이는 대학 재즈 보컬 앙상블 멤버들처럼

젊고 호의적이었으며 이도 가지런했지, 그리고 마취가 풀리자 그들은 우리에게

쿠키를 줬어, 가운데에 구멍이 뚫린 그 바삭바삭하고 작은 버터 쿠키를,

내 눈은 고양이 눈 같았고, 실제로는 십 센트짜리 동전처럼 둥글었지만 나는

리퀴드 아이라이너로 고양이 같은 눈매를 꾸며냈지, 한번은 가느다란 지팡이로

내 눈을 찌른 적이 있어, 나는 정말 끔찍한 어머니가 될 뻔했지, 얘, 나는

꼴이 너무 엉망이라 걔들이 얼마나 운이 좋았는지도 몰랐어, 나에게서

간신히 벗어나 결국 감옥행 신세를 면하게 된 그 동화 속 부랑아들 말이야.

나는 로버트 크릴리[113]를 보았다, 유니버시티 플레이스 근처의 8번가였던 것 같다. 그는 의안義眼을 끼고 있지 않았다. 그때 그가 의안을 사용하긴 했던가? 만일 누군가가 자신의 의안을 쓰길 그만두면, 그 의안은 어떻게 되는가? 그는 그것을 손수건에 싸서 서랍에 처박아 두었나? 크릴리는 심지어 모음에 시간을 낭비하지도 않았다. 그는 '말했다said'를 이렇게 썼다: sd.[114] 우리가 대화를 나누었다고 말하고 싶지만, 그러진 못했다. 케네스[115]와는 그에게 머리채의 반을 뽑힐 만큼 많은 일이 있었다. 할머니에겐 손수건을 보관하는 서랍이 있었다. 할머니는 부드럽게 열리는 그 좁은 서랍에서 그 천 조각을 좀처럼 꺼내지 않았다. 아빠의 장례식 날, 할머니는 만일에 대비해 내게 손수건 하나를 빌려주었다. 할아버지에게도 의안이 있었다. 진짜 눈은 어렸을 때 낚싯바늘에 걸려 잃고 말았다. 크릴리는 두 살 때 "날아온 유리 파편과 관련된" 기이한 사고로 눈을 잃었다. 바트는 공사 현장에서 날아온 금속 파편에 맞아 눈을 잃었다. 그는 어린 우리를 즐겁게 해주려고 의안을 빼내곤 했다. 세 살 때, 나는 맨발로 녹슨 못을 밟고 이제 예수님 기분을 알겠다고 말했다. 이웃집에는 한쪽 눈을 잃은 흰 불도그 로코가 있었다. 개를 위한 의안도 팔았지만 로코의 가족은 그것을 구입할 형편이 못 됐다. 로코는 그날 빌리지에서 크릴리가 그랬던 것처럼 텅 빈 눈구멍으로 동네를 느긋이 걸어 다녔다.

유명한 시인들이 우리를 찾아왔다[116] 그들은 우리에게 혹은 우리 중 몇몇에게

들이댔다[117] 적어도 우리 중 몇몇에게 그들은 들이대지 않았다 그들의 시는 아름답거나 아름답지

않았다 하지만 어느 쪽이든 우리는 그것들을 아름답다고 부르도록 배웠다 그들은 왔다

히아신스로 날아드는 꿀벌처럼 우리 중 몇몇에게 그들은 우리 중 몇몇 안으로 들어왔다

도저히 읽을 수 없지만 따먹을 수는 있다고 혹은 읽을 만하고 따먹을 수도 있다고 그들이 부르던

이들 안으로 들어왔다 다른 이들은 따먹을 수 없었다 까불대거나 뚱뚱하거나 사납거나 지쳤거나

흠이 있거나 허약하거나 비굴하거나 웃기게 생겼거나 급진적이거나 면도를 안 했거나

추레하거나 군살이 있는 이들은 시인들이 우리를 찾아왔다 그들의 천재성이 우리에게

뿌려졌다 그들은 우리를 잡아먹었다 꿀벌처럼 우리를 위해 기도할 거라 말했다 그들은

황금 한 짐을 우리에게 내려놓았다[118] 신처럼 그들은 우리에게 쏟아냈다 그들은

우리가 자기 아내보다 더 달콤하고 살결도 더 부드럽다고 했다 그들은 자기 아내에게

전화했다 우리의 소리를 죽이려고 우리의 입을 손으로 덮고서 그들은 우리를

카드 한 벌처럼 뒤섞고는 호텔 침대에 내려놓았다 해안으로 밀려온 잔해 같은 그들의

양말과 속옷과 내의 그러고서 우리는 비틀거리며 문을 나서곤 했다.

그래, 나는 그들을 모두 봤다, 봤다, 몇몇은 만났다, 리처드 헬,[119]

루 리드,[120] 바스키아,[121] 워홀,[122] 버로스,[123] 케네스 코크, 그럴 때마다 나는 늘

투명 인간이 되었거나 당했다는 기분이 들었다, 가혹하게 당했다는

기분이, 화대를 떼먹고 팁도 주지 않는 존[124]에게 당했다는

기분이, 그것은 인상적이지 않았다, 문학적이지 않았고, 자극적이지도

않았다, 나는 당신이 그것에 자극받지 않기를 바란다, 그들의

여성혐오는 반론의 여지가 없었다, 때로는 진짜 멍 자국을 남겼다,

대개는 비웃거나 눈도 마주치지 않았다, 그들의 시선은 딴 데로 흘러갔다,

그 위에 오줌을 눌 만한 무언가를 찾는, 혹은 드물지만 유력하게

어쩌면 무엇보다도 나쁘게 '아름다운'이라는 단어를 포함하는 무언가를 찾는

개처럼, '아름다운'이라는 단어를 무기화하며, 마침내 나는 돌아서서 나 자신을

소름 끼치게 만들었다, 여장 남자나 거식증 환자처럼, 나는 용인되는 존재가

되고 싶지 않았다, 나는 두려운 존재, 헐크, 거인, 괴물이 되고 싶었다,

위대한 인생 계획은 아닐지 몰라도 옳은 방향으로 나아가는 한 걸음이었다.

펑크 록이 전염병처럼 유행하던 시절에도 펑크 록을 사랑했다고는 말 못 하겠다,

남자친구의 간청에 거의 매일 밤 찾아갔던 CBGB,[125] 머드 클럽,[126] 나는 펑크 록의

경계 안에서 살았다, 펑크 록이라는 테제에서 빠져나올 수가 없었다, 그것은 스타일과

음악과 내 일상에서 펼쳐지던 모든 것에서 그 모습을 드러냈다, 혼돈, 분노, 콧물, 토사물, 쓰레기,

불협화음, 멍든 눈, 음악으로 정제되지 않은 소음, 그것은 이전에 왔던 것과 이전의 이전에

왔던 것보다 조금도 더 해방적이지 않았다, 인정할 건 인정하자, 재즈는 해방이었다,

블루스도 해방이었다, 나머지는 늘 똑같고 위험한 백인 남자애들의 노래와 춤이었다,

자신의 여성혐오를 알아차리지 못하고, 자신의 위험성이 혁신이라 확신했으며,

만일 일어났다면 자신의 우월함과 불타는 척하는 가짜 왕관을 잃었을 것이기에

엄청난 실망감만 겪었을 바로 그 혁명의 뚜껑을 딸 힘이 있다고 확신한 것들,

심지어 수십 년 후 독백 공연을 끝낸 젤로[127]와 우연히 엮였을 때도

나는 질식할 만큼 영원히 이어지는 그의 통렬한 비난을 끝까지 앉아서 듣지 못하고

일찍 자리를 떴다, 나중에 듣기로 그는 그날 밤 94번 주간 고속도로에서 빠져나오면 바로 보이는

캘러머주[128] 동쪽의 데니스[129]에서 팬케이크를 먹으며 하루를 마무리했다고 한다.

삼십구 년 전은 아무것도 아니다, 아무것도. 삼과 구, 아무것도 아니다. 내게는

아무것도 남아 있지 않았다, 옷 몇 벌, 아무 의미도 없는 블라우스 천 조각 몇 벌.

무가치하게 남겨진 팔찌, 살 곳이 아무 데도 없었다, 어머니의 소파에 대충 누워 잠을

청하려 해봤다, 침대의 감촉은 내겐 버거웠다, 마약에 너무 절어 있어서 아무것도 나의

금단 증상을 잠재우지 못했다, 레이건이 대통령으로 당선되었다, 내가 이해했다고 생각한 세상은

돌고 돌아 아무것도 아닌 것이 되었다, 레넌은 총에 맞아 아무것도 아닌 존재가

되었다,[130] 그러기 얼마 전에 나는 다코타 아파트 바로 밖에서 체리 팝시클을 샀다,

차갑고 붉은 입술, 아무것도 아닌 것으로 녹아내린, 이제 모든 세포가 몸을 떨며 7번가로

돌아가려 했다, 아무것도 아닌 잿빛의 무언가가 내다보이는 창문. 나는 생각했다,

케브가 이렇게 나를 외면하는 대신 따라와서 그의 영웅인 윌리엄 버로스[131]처럼 나를

제거해주면 좋겠다고, 물론 떠난 건 나였지만, 어머니는 *만일 네 아버지가*

*살아 있었다면,*이라는 미사일 탄두를 발사했고, 그 앞에서 나는 아무것도 아니었다, 그때 나는

아무것도 아닌 것에 대해 아무것도 알지 못했다, 이끼를 숄처럼 두른 무無의 판잣집과,

나의 이야기를 바로잡아줄[132] 그것의 쓴 치료약과 늙은 마귀할멈들에 대해.

우리 모두에게는 트라우마가 가장 깊이 각인된 밑바닥이 있다,

모든 것을 시작한 후 매듭지어지고 검게 변해서

결국 탯줄을 툭 떨구는 배꼽이, 여러 사람이 있는 상황에서

그것을 말하는 것, 글쎄, 그것은 예의가 아니다, 혼자서 그것을

생각하는 것은, 네 벽 중 세 벽이 창문이라 곰들과 선사 시대가

내다보이는 단칸방에 있는 일, 혼자서 그것을 생각하지 마라,

그러기에 적당한 장소는 딱히 없다, 골칫거리 흰긴수염고래 떼의

유골을 담을 수 있을 만큼 커다란 유골함을

어디서 구할 수 있겠나, 설령 그런 유골함을 구한다 해도

그걸 전시할 만큼 튼튼한 벽난로 선반이 어디 있겠나, 나는

집에서 하는 화장火葬을 추천하지 않는다, 심지어 명금처럼

작은 새의 화장이라 해도, 글쎄, 그는 내 침실에 난입했다, 나는 마침내

잠든 상태였다, 나는 자살을 시도했어, 그는 말했다, 그리고

내가 구급차를 부르는 동안, 그는 가위로 손목을 난도질했다.

나는 딸 둘을 낙태했다, 딸이었는지 어떻게 아느냐고,

엄마는 안다, 적어도 한 명은 딸이었다, 어쩌면 딸 하나

아들 하나, 아플까요, 나는 낙태 전에 여성 상담사에게 물었고

그녀는 아주 침착한 눈빛으로 말했다, 저는 굳이 그런 경험을

해볼 만큼 멍청하지 않아서 잘 모르겠네요, 잔인하지만 맞는 말이었다,

나는 멍청했고 지금도 멍청하다, 정치적 의견은 삼가주시길, 나는

그 경험에서 아직 벗어나지 못했다, 아니 후회하진 않는다, 멍청한 가난뱅이

엄마와 마약 중독자 아빠를 둔 두 딸이라니, 안 될 일이다, 한번은

먹을 걸 구하려고 토끼를 쏜 적도 있다, 나는 깨끗하지 않다, 착하지 않다,

나는 결코 예수님이 아니다, 착한 마리아는커녕 나쁜 마리아도[133]

못 된다, 비록 살아 있는 내 아들을 피에타 자세로 안아본 적이 있긴

하지만, 그때는 내가 그러고 있는지 몰랐지만 이제 와서 돌이켜보니,

걔는 마약 과다 복용으로 거의 죽을 뻔했고, 사랑하는 어머니,

걔는 말했다, 시퍼런 입술로, 걱정 마세요, 나는 이미 대가를 치렀어요.

61

나는 비탈에서 굴렀다, 목말뼈, 정강이뼈, 종아리뼈, 짓이겨진

아킬레스건, 파열된 붉은 회로, '클라이맥스'라는 이름의 소도시가 있는

동쪽으로 향했다가 한때 케브의 여동생 결혼식에서 젊은 여자들에게 둘러싸여

춤을 추었던 뉴욕으로 향하는 몸, 빗자루, 산산조각 난 유리, 부모님네 화장실

약상자에서 벤조를 좀도둑질했고 이제는 무덤에 있는 케브, 새그 하버의

햇빛 속에서 외롭게, 호수가 있는 서쪽을 향해 접질린 내 다리, 일몰,

카포시 육종[134]에 뒤덮인 미켈이 마지막 남은 오십 달러로 나를 택시에 태워

'콘서바토리 오브 플라워'[135]를 보러 가게 했던 샌프란시스코, 실은 오직

백일홍을, "그냥 한번 봐", 그는 말했다, 노란색이 내 눈을 아프게 했지만

그때껏 뼈 통증에 비할 수 있는 고통은 아무것도 없었다, 출산을 제외하면,

차라리 총알을 박아줘, 나는 48시간 동안 분만하다가 전남편에게 애원했다,

바로 여기, 나의 관자놀이를 가리키며, 몇 달째 검은 깁스를 해 둔해진 다리,

돌아가신 할머니의 휠체어, 그 무렵 마약 중독자가 된 아들, 멍하고 비열한,

나는 차가운 도로로 기어가며 도와달라고 애원했다, 이런 꼴인데도 아직, 여왕이니?

몸을 망가뜨리는 힘이 있다, 피할 수 없는,

그 부산물은 고통이다, 우량계雨量計처럼 특별할 것

없는, 하지만 낯설어진, 라임이 그러하듯,

그것이 모음운이거나 내부 손상[136]일 때를 제외하면, 우울, 기쁨,

기쁨[137]은 주방 세제이기도 하다, 하지만 난파한 유조선에서

유출된 기름에서 바닷새를 구해주는 것은 그게 아니라 '던Dawn'이다,

그 이름을 '더스크Dusk'[138]로 바꿔야 할,[139] 지금 이 철Iron의 시대[140]에서

아이러니irony는 감상주의의 뒷면이다, 절망의 구김을

다림질ironing로 펴서, 머리카락hair을 손질된 머리hairdo로,

그 성가신 to 부정사, *해야 할 일to do*로 바꾸는,[141] 차라리

고통의 숙주가 되는 편이 훨씬 낫다, 비물질적인 성령이 아니라

구체적인 그리스도의 몸, 때로 고통을 겪을 때면 나는 그 고통을

껴안음으로써 그것에서 한 걸음 물러설 수 있었다, 블루스 같은 것,

존 던[142] 같은 것, 씨름하며 떨쳐내라, 그러고는 노래하라.

63

뿌리 덮개[143] 광고가 쏟아지는 봄이다 그러자 혼숫감 궤짝 냄새를 풍기던 삼나무

뿌리 덮개가 떠오른다 새빨갛게 염색한 머리색으로 물들인 소나무 뿌리 덮개와

전남편이 코코아 열매 뿌리 덮개를 사 왔던 그해가 그때 우리의 삶에서는

펜실베이니아주 허쉬[144] 초콜릿 같은 냄새가 났다 나는 그런 것들을 충분히 고맙게 여기지

않았던 것 같다 나는 다른 것들을 고맙게 여겼다 이를테면 전남편이 어린이집에서 아이를

데려오는 것을 기억한 순간을 그런데 나는 지금 주제에서 벗어나고 있다 차고에는 아직

뿌리 덮개 반 자루가 남아 있을 것 같다 이제 십 대가 된 아이가 창문을 쏴 깨뜨리고

비비탄총으로 창문과 다람쥐를 쏜 후로 축축해진 차고에는 이제 개는 성인이다 개는

다람쥐를 쏜 일을 여전히 자책한다 그때는 개의 아버지가 떠난 다음 해였다 그해에 개는

열세 살이었던 것 같다 개는 커다란 합판에 보라색 스프레이로 '앤젤리나 졸리'라고

쓰고는 합판을 돌담에 기대어 놓았다 아장아장 걷던 시절에 개는

레드 로즈[145] 티 상자에 들어 있던 작은 유리 동물들을 그 돌담 사이의 틈에

끼워 넣곤 했다 하지만 개의 아버지가 떠나자 뿌리 덮개도 사라졌다

남은 건 헤로인과 메스와 크랙[146]과 잡초와 정원의 앤젤리나뿐.

실수로 개의 서복손[147]을 과다 복용했다, 어두운 부엌에서 내 별것 아닌 약인 줄 알고 약병을

열고는 개의 약을 대신 먹어버렸다, 개는 서복손을 일단정지 신호라고 불렀다, 미친 금단 증상

없이 멈추게 도와주는, 하지만 개는 이제 내게 말한다 자신은 그저 흥분을 더 깊게 하려고,

깊이를 더 흥분시키려고 그것을 사용했을 뿐이라고, 개는 자신이 무엇을 복용했든 어떤 조합으로

들이켰든 상관하지 않았다, 기분을 낮게 하기 위해서라면 그저 무엇이든 먹었다. 더 죽은 기분을

느끼기 위해서라면. 나중에 침대에서 내 '자아'가 잇대지 않은 필름 프레임처럼 균일하게 쪼개져

각각 홀로 떠다니고서야 나는 내가 무슨 짓을 저질렀는지 알았다, 전화로 어떻게 도움을

요청해야 할지, 어떻게 침을 삼켜야 할지 알 수 없었다, 만일 잠들면 숨 쉬는 법을 잊게 될까 두려워

사흘 동안 소파에 똑바로 앉아 있었다, 개는 사라지고 없었다, 마약에 취해 정신이 나가 있었다고

개는 이제 내게 말한다, 긴팔을 입기에는 너무 더웠고 자기 팔은 주사 자국으로 뒤덮여 있었기에

내가 볼까 두려워 집에 오지 않았다고. 셋째 날, 나는 제정신이 들긴 했지만 완전히 그런 것은 아니었는데

왜냐하면 개가 수년 동안 매시간 찾아 헤매던 망각을 힐끗 보았기 때문이다, 내가 개를 내 뼛속에서

빚었다는 사실을 깨달았기 때문이다, 개는 나의 알레고리, 비유, 필연적 결과, 거울이었다, 나는 개의 고통,

개의 손톱, 개의 바늘, 개의 전율을 벼렸다. 그래, 내가 그 바보 같은 알약을 삼킨 건 당연한 일이었다.

67

당신은 어쩜 그렇게 도덕적일 수 있나? 나의 유일한 미덕은 내게 미덕이 없다는

것. 나의 유일한 두려움은 도덕군자인 체하는 패거리에 대한 두려움. 한때 내 아들은

가위로 자기 손목을 톱질하듯 그어댔다. 내 침실로 뛰어들어 왔다, 나는 오랜만에 겨우

잠들어 오랜만에 꿈을 꾸고 있었다, 그리고 걔는 자기가 자살 시도를 했다고 외쳤다.

내가 도움을 요청하는 동안에도 걔는 계속 그어대고 있었다, 맛이 간 상태였고,

취해 있었다, 걔는 내 손을 쳐 휴대전화를 떨어뜨렸다, 어쩌면 내가 그의 뺨을

때렸는지도 모르겠다, 걔는 내가 그랬다고 말했고 나는 그 말을 믿는다. 병원에서는 그의

손목을 꿰맨 후 집으로 돌려보냈다, 심지어 스물네 시간 동안 지켜보려고도 하지 않았다.

나는 협박했다, 내 지위를 내세우며 명령했다. 저는 사회복지사예요, 나는 외쳤다.

아. 그러시군요. 하. 걔한테는 아직 흉터가 남아 있다. 같이 스캐터고리즈[149]를 하다가 봤다.

한동안 나는 집안의 날카로운 물건을 모두 숨겼다. 심지어 연필이랑 과일칼까지. 하지만

날카로운 물건 없이 살 수는 없는 법이다. "원하면 언제든 찾을 수 있어요", 걔는 말했다.

이제 나는 가위로 앞머리를 자른다. 이마를 똑바로 가로지르는 한 번의 깔끔한

가위질. 미덕이라는 얇고 빤히 들여다보이는 노란 커튼 너머에는 방이 참 많다.

나를 이 기분에서 벗어나게 해줄 마약은 어디에 있나, 마약에 대한

두려움을 사라지게 해줄 마약은, 그들이 내게서 훔쳐 가거나

훔쳐 간 것, 때로는 사랑 그러고는 내 제정신, 내 내장 안에

가게를 차리고 그곳이 좋다며 끝내 떠나지 않은 얼어붙은 볼링공,

나는 끝내 떠나지 못했다, 내가 두고 가는 것을 잃을까 두려워,

그것은 그 자체로 지옥이었다, 지옥에서 지옥으로 갈아탈 뿐이라는

공포에 떠는 지옥, 내 아들은, 맛이 간 상태로, 캄캄한 오하이오에서

차가 뒤집혀 배수로 안에 드러누운 채 귀뚜라미 울음소리를 들었다,

심지어 풀의 소리도, 걔는 말했다, 풀이 자라는 소리도 들었다고, 옥수수도,

그 모든 게 그저 살아보려 애쓰고 있었다고, 자신이 신에게 가장 가까이 다가간

순간이었다며, 그는 말했다, 나는 정말 바보였어, 언젠가 결실이 있을 거라 믿는,

부활이라는 동화 속에 갇힌 바보, 심지어 별들도, 걔는 말했다, 살아보려 애쓰고 있어,

그러고서 걔는 십 년도 더 넘게 마약을 하며 파탄에 이르렀다, 그 멜로디melody를

치료해줄 멜로디는 어디에 있나, 치료약remedy을 치료해줄 치료약은?

69

그럴 때면 최대한 서둘러 바다로 떠나야 할 시간이 되었다는 생각이 들어, 개는 말한다,

《모비 딕》을 인용하며. 늘 앉아서 지내는 삶에 지쳤어, 개는 내게 말한다. 나는 거리에서

사람들의 모자를 차례로 쳐서 떨어뜨릴 준비가 됐어, 이번에도 멜빌[150]의 말을 빌려 말한다.

정신이 너무 오락가락해진 나머지 주위를 둘러보다가 더는 방황할 수

없어, 하고 생각하거나 말할 장소가 필요할 때 가는 곳이 바다야.

개 한 마리가, 개는 말한다, 바다 전체가 아니면 또 뭐겠어? 개 한 마리는

수많은 바다보다 더 거대한 존재지. 개를 한 마리 길러보는 건 어떠니, 나는 묻는다.

나는 개를 돌볼 만한 능력이 없는 사람이야, 개는 내게 말한다, 논쟁해봐야

아무 소용도 없어. 주사로 약 하던 시절이 그립네, 개는 말한다. 그러면 심장이 멈춰버릴 테니

절대 다시 손대진 않겠지만 그래도 그리워. 절대 다시 손대진 않을 거야.

나는 살고 싶어. 나는 여기가 좋아. 내가 가진 것과 함께 여기서 사는 게 좋아.

이 아파트. 호수. 상대적인 고독. 추운 계절이 오면 느껴지는 추위. 배들이 내는 소리.

말하고 보니 별로 긴 리스트는 아니네, 개는 말한다. 나는 바다로 가야만 해, 개는 말한다.

물론 (몇 번 안 되지만) 바다에 가본 적이 있긴 하지. 그래도 여전히 만족감은 들지 않아.

예수님 이야기 중에서 가장 좋아하는 게 뭐야, 걔는 묻는다, 물 위를 걷는 이야기라고 나는 말한다,

너는 뭔데, 걔는 예수님이 성전을 개판으로 만드는 부분이라고 말한다, 멋지잖아, 걔는 말한다,

예수님이 탁자를 확 뒤엎으실 때, 혹은 어쩌면 십자가에 매달려 목마르다고 말하지만 신 포도주는

거절하실 때, 겟세마네 동산[151] 이야기는 어때, 내가 묻자 걔는 말한다, 그 이야기는 그냥 화가 나,

그분은 제자들에게 할 일을 알려주신 후, 돌을 던지면 닿을 만한 거리에 가서 기도하시며

가장 아름다운 말 몇 마디를 되풀이하시는데, 그들은 여전히 개판을 치지, 만일 예수님이 나더러

차분한 가운데서도 깨어 있으라고 하셨으면 나는 차분한 가운데서도 깨어 있었을 거야, 그러니까 내 말은

타협점을 찾았을 거라고, 그분은 그들에게 진정해라, 난리 치지 마라, 잠들지 마라, 하고 말씀하시지만,

아버지께 기도하고 돌아오면 그들은 잠들어 있지, 예수님은 그들에게 당신과 함께 깨어 있되 편히 쉬라고

말씀하셨어, 만일 예수님이 내게 편히 쉬라고 말씀하시면 나는 푹 쉴 거야, 그러니까 내 말은

망할 만큼 피곤해도 그분 앞에서 잠들진 않을 거라고, 참고로 그분은 그들에게 당신과 함께

깨어 있으라고 말씀하셨어, 걔는 말한다, 망할 주님과 함께 깨어 있으라고, 그러고는 아름다운 기도를

되풀이하시지, 피땀을 흘리며 흙바닥에 얼굴을 댄 채, 그런데 그 삼인방[152]은 취객처럼 그분 앞에서

두 번이나 잠들었어, 그러니 그런 망할 놈들을 친구로 고르신 주님의 안목이 의심스러울 수밖에.

그녀는 제임스 스튜어트의 광팬이야, 걔는 말한다, 하지만 내가 그를 흉내

내는 건 싫어해. 내가 클린턴 흉내를 내는 것도 싫어해, 힐러리 클린턴 말고

빌 클린턴. 내가 오바마를 흉내 내는 것도 싫어해. 로드니 데인저필드가

누군지도 모르면서 내가 그를 흉내 내는 것도 싫어하고, 〈괴물〉[153]에 나온 커트

러셀 흉내도 싫어해, 잭 니컬슨 흉내를 내면서 내 온수 욕조가 얼마나 끝내주는지

떠드는 것도 싫어해, 가장 싫어하는 건 내가 알 파치노 흉내를 내는 건데,

그냥 화가 난대, 걔는 말한다, 그래서 나는 말한다, 그럼 흉내를 내지

말지 그래, 그녀를 열받게 해서 무슨 소용이 있겠니, 그녀가 유일하게 좋아하는 건,

걔는 말한다, 내가 돈 코를레오네[154] 흉내를 내는 거야, 돈 코를레오네가

먹고 싶어 하는 것의 리스트를 늘어놓는 게 좋대, 감자칩, 딥 소스, 슬로피조,[155]

정크 푸드를 달라고 다그치는 돈 코를레오네만 좋대, 다른 흉내는

싫고, 요컨대 말년에 접어든 현실 속 말론 브랜도 흉내만 좋대,

나는 데니스 호퍼 흉내도 생각해냈지만 아직 그녀 앞에서

선보이지는 못했어, 그건, 걔는 말한다, 너무 쉬워서 오히려 시시하니까.

왜 신은 그렇게 못되게 구는 걸까, 걔는 묻는다. 딱히 대답은 바라지 않은 채. 구약 성경은

대체 누가 쓴 거지? 분명 짜증을 잘 내는 사람이었을 거야. 늘 여기저기 벌을

내리니까. 왜 그런진 모르겠지만 예수님을 생각하면 그림 속에 등장하는 전형적인 모습이 떠올라,

걔는 말한다. 긴 금발, 꿰뚫어보는 듯한 파란 눈, 약간의 염소수염. 사실이

아니라는 건 알지만 그림 속 모습이 잊히질 않아. 꼭 외계인 같네, 나는 말한다.

실제로 여러 면에서 그랬지, 걔는 말한다. 그분은 제자들을 다시 만나고 어쩌고 하고는 그냥

승천해버렸잖아. 예수님도 악마처럼 영혼을 원하시는 건지 궁금해. 그러니까, 실은 둘이 경쟁이라도

벌이고 있는 건 아닌지. 자기 어머니한테 못되게 구는 사람들을 주님이 용서해주시는지도

궁금하네, 걔는 말한다. 왜냐하면 나는 못되게 굴었으니까. 예수님이 이 잔[156]이 자신을 비켜 가게

해줄 수 있는지 물으셨을 때 이미 그 답을 알고 있었는지도 궁금했어. 가사에 예수님이 등장하는

노래 중에서 최고는 뭘까, 걔는 묻는다. 나는 너바나[157]의 〈예수님은 나를 햇살로 삼길 원하지 않으셔〉[158]가

좋아, 걔는 말한다. 글쎄, 어찌 됐든 나는 예수님께서 다 떠받쳐주실 거라고 늘 생각해,

걔는 말한다. 요즘 뭐 읽니, 나는 묻는다, 화제를 돌려보려고. 성경을 많이 읽어, 걔는 말한다.

나는 요한[159]이 좋아. 다 지어낸 티가 나는데도 글 자체는 훌륭하니까.

그러다가 어른이 되자 나도 그런 부류가 되었어, 그런 부류가 뭔데, 나는 묻는다, 해변의 파티에서

여자들을 어깨에 태우고 다니는 부류의 남자 말이야, 나는 여자와 관련해서 멍청한 짓을

정말 많이 했지, 여자를 데리고 다니며 아이처럼 먹이는 법을 배웠어, 평판을 얻기 위해,

평판이 좋은 남자가 되기 위해, 나는 그 바닥에서 잘나가는 선수였어, 걔는 말한다, 끔찍했지,

하지만 그건 대체로 대략 지난 십이 년의 세월보다 나았어, 이제 나는 그냥 컨트리 웨스턴 음악만 들어,

"음 나는 바람에게 발길질을 당했네, 진눈깨비에 털렸네/ 대가리가 깨졌지만 나는 여전히

두 발로 서 있네/ 나는 여전히 의지를 잃지 않았네", 로웰 조지의 노래야, 리틀 피트[160], 한번 들어봐,

걔는 말한다, 들어봐, 충분하지만 좀 모자란 느낌이 들지, 걔는 말한다, 그게 무슨 뜻이야, 나는 묻는다,

나는 내 경험으로 컨트리 웨스턴 노래를 만들 거야, 걔는 말한다, 여자들을 등에 업고 다니곤 했지/

이제 나는 홀로 잠자리에 드네/ 너무 가난해서 그동안 노숙했네/ 내 여자는 나를 떠났고 나는

울 수도 없어/ 크래커 샌드위치를 먹으며 차라리 죽길 바라네/ 매일 내 픽업트럭에 올라타지/

거의 무보수로 일한다네/ 때로는 내가 속한 곳이 도랑이라는 생각이 드네/ 하지만 나는 이 크래커 샌드위치를

한입 더 베어 물 거라네, 죽고 싶은 건 아니잖아, 나는 말한다, 이건 그냥 노래야, 걔는 말한다, 그냥

노래라고, 내가 아니라, 나한테 트럭이랑 직업이 있어? 내가 다 컸는데도 크래커 샌드위치나 먹는 남자냐고?

엘비스 최고의 노래가 뭐라고 생각해, 걔는 묻는다, 나한테는, 걔는 말한다, 그 "불타오르는

사랑의 매력남"[161] 노래가 최고야, 딱 봐도 슬퍼 보이지만, 그는 말한다, 정말 최선을 다해 노래하거든,

나는 그 노래가 싫어, 나는 말한다, 너무 오글거려, 나는 초창기 곡이 좋아, 〈하트브레이크 호텔〉,

〈제일하우스 록〉 같은 노래들, 그러니까 엄마 말은 한마디로 내가 멍청하다는 거지, 걔는 말한다,

아니야, 나는 말한다, 내 말은 나는 그 두 노래가 좋고 〈버닝 러브〉는 싫다는 거야, 네가 내 의견을

물었잖아, 그 두 노래보다는 〈블루문〉이 나아, 걔는 말한다, 그리고 컴백 콘서트에서 부른

〈로디 미스 클로디〉가 〈블루문〉보다 낫고, 엘비스는 멋진 예수님 노래도 몇 곡 불렀어,

엘비스의 예수님 노래는 너무 맥빠져, 나는 말한다, 엘비스의 예수님 노래는 너무 현란해,

형편없어, 걔는 말한다, 엘비스에 대한 엄마의 의견이야말로 형편없는데, 〈주님 말고 내가 누구에게

갈 수 있겠어〉[162]는 어때, 최근에 〈주님 말고 내가 누구에게 갈 수 있겠어〉 들어봤어, 아니, 나는 말한다,

나는 열혈팬이 아니야, 나는 너처럼 이 주제에 열렬한 관심이 없고 그렇다고 말한 적도

없어, 글쎄, 걔는 말한다, 나는 엘비스의 후기 곡들에 애착이 가, 이유가 뭔데, 나는 묻는다,

내 말은 만일 엄마가 당시 엘비스의 처지 등을 고려한다면, 걔는 말한다, 어쩌면 엄마도 〈버닝 러브〉를

좋아하게 될지 모른다는 거야, 어쩌면 〈버닝 러브〉에 대해 다른 느낌을 갖게 될지도 몰라.

75

예수님이 실제로 태어난 날이 언제라고 생각해, 걔는 묻는다, 빌리 아이돌[163]이

재능은 있지만 멍청하다고 생각해, 아니면 똑똑하지만 재능은 없다고

생각해, 나는 추위를 사랑해, 걔는 말한다, 나는 날씨가 가능한 한 최고로

추웠으면 좋겠어, 눈이 옥상까지 높이 쌓였으면 좋겠어, 그런 이유로 걔는

절대 북쪽에서 집으로 돌아오지 않을 거라고 맹세한다, 절대 다리를

건너오지 않을 거라고, 이른바 주님이라는 분의 가짜 생일 같은 공휴일에도,

내 물건은 다 버려, 몽땅, 걔는 말한다, 너무 추워서 침을 뱉으면 바로 얼어붙을 정도야,

빌리 아이돌이 완전히 열창할 때 하는 스 발음처럼 츠으으 소리가 나,

그의 라이브 공연을 본 적이 있어, 걔는 묻는다, 클래시[164]를 본 적이 있어,

클래시는 봤고 빌리는 못 봤다고 대답한다, 십일월에 침을 뱉었는데 얼어붙었어,

걔는 말한다, 요즘은 보기 힘들다, 집에 있을 때가 없다, 장례식 때도 오지 않고,

예전에 빈 보드카 병, 주삿바늘, 파이프 따위가 보이곤 하던 자기 옛날 방에

자러 오지도 않는다, 하지만 이제 걔는 깨끗하다, '깨끗하다', '눈'처럼, '추위'처럼

멋진 말, 내가 예수님이라면, 걔는 말한다, 날씨를 더 춥게 만들 거야.

어쩌면 우리는 소리 없는 대기실을 배회하고 있는지도

모른다, 복도와 입구들, 바스락거리는 스카풀라[165]와 속치마,

끈에 매달린 십자가가 살짝 흔들리며 검정파리 같은

소리를 낸다. 각진 그림자들, 여러 층의 높이, 무르베드르[166]

포도 색깔, 효모로 발효된 연무 같은 자줏빛 검정색,

어쩌면—그럴 수 있을까? 죽음은 수녀원인가? 여섯 줄 만에

벌써 이 알레고리가 지겨워진다. 숭고함의 군더더기 없는

정의定義를 찾는다. 마지막으로 살아남은 한 종의 동물의 질긴

고기처럼 정말로 이[齒]를 박고 뜯을 수 있는 무언가. 혹은

검은 양의 양털로 실잣기, 그러는 내내 나 자신에게

나 자신의 이야기를 들려주며. 간호사는 말한다

생명과 죽음 사이의 막은 자궁경부가 소실되듯

얇아질 거라고. 나는 출산할 때 죽여달라고 빌었던 것과

죽어갈 때 태어나게 해달라고 빌었던 것을 기억한다.

77

나는 처음부터 죽음과 함께 살아왔다, 죽음의 마을들 모퉁이에서.

나는 죽음에게 짤막한 노래를 불러주었다, 죽음의 흰 곰팡이가 핀 씨방을

비집어 열어서 내 얼굴 앞에서 터지게 했다, 그래

씨앗이 얼굴 앞에서 터지면 어떤 기분인지 다들 알지 않나. 나는

죽음과 너무 바짝 붙어 살아서 그것에 완전히 단련되었다, 지하 집에서

너무 편하게 지내서 흙벽에 날개 달린 여왕들을 먹여 살리는

개미 군단이 기어다니는지도 몰랐던 것처럼, 혹은 철로 옆에서 사는 데

너무 익숙해져서 비명 같은 기적 소리에도 잠에서 깨어나지 않았던 것처럼.

나는 죽음의 양서류가 울리는 메아리와, 단안경[167]과 실크해트[168]와

크라바트[169] 차림에 고수머리를 한 죽음의 점잖은 신사들이 쓴

시詩와 부사副詞를 안다. 나는 부사를 증오한다. 나는

죽었다, 하지만 어떻게 죽었던가? 수영하듯이! 예쁘게!

뒤집힌 눈알처럼 새하얀, 목 단추를 풀어 젖힌 이탈리아 셔츠,

마른번개나 요술 구두처럼 초록빛인 커프스단추와 최고급 술.

나는 죽음과 사랑에 빠졌다, 그는 심술궂지 않다, 그의 키스는 축축하고

감미롭다. 망가진 회중시계, 기이한 사슬, 스크린 가장자리에서

절뚝거리는 말에 올라 모습을 드러내는 서부 영화의 엑스트라 같은.

빈약한 둔부, 인큐베이터 같은 그의 숨결, 그의 입에서 흘러나오는

모국어. 변태적이지만 더없이 진지하고 진심 어린 방식으로: 내가

죽은 어린이들에 대한 어린이책인《피터 팬》을 읽는 동안 그는 내 손가락을

빨았다. 그의 유일하게 변태적인 부분은 순수함이다, 크리스마스를

망치려 애쓰지 않지만 어쨌거나 망치고야 만다, 도무지 휴일 기분을

내지 못하는 불편한 티셔츠 차림의 젊은 삼촌, *한번 해봐요*, 어떤 여자

친척이 립스틱을 바른 입을 대고 그의 귀에 속삭인다, 그냥 한번 해봐요.

그는 그녀의 키스 자국을 닦아낸다, 그의 레퍼토리에 가식이란 존재하지 않는다.

숨기질 못한다. 그의 눈이 공허하다면 그것은 그의 기분이 공허하기 때문이다.

그는 기분이 내키면 황혼 무렵의 어느 초원에서 내게 전화를 걸어,

태양이 어떻게 스스로 제 무덤을 파는지를 설명해준다, 그 구릿빛 잔광을.

나는 사랑은 감당해도 화장 의식은 감당할 수 없었다, 그리고 이제 또 시작이다,

우리는 서랍에서 손수건을 꺼내고 숨겨둔 마카로니 샐러드를 꺼내고 재질이 소나무든

벚나무든 포플러든 구리 손잡이 달린 관을 고르고 무덤 라이너[170]를 넣을지 말지 선택하고

혹은 화장할 경우 유골을 담을 판지 용기나 수제 유골함을 고른 다음 유골을

개울이나 강어귀에 혹은 배나 비행기에서 휙 뿌리면 갑자기 역풍이 불 것이고

트럼펫을 든 목사나 고함치는 복음주의자나 음울한 랍비나 불가지론자인 추도사 낭독자,

예이츠나 키츠[171] 혹은 온통 이상하고 대문자도 사용하지 않는 e. e. 커밍스[172]를 들먹이며

의미를 만들어내는 이가 등장할 것이다, 아버지 장례식 때 나는 어렸고 영구차 바닥에

앉아 있었다, 사람들은 슬퍼하지 말라고 말했다, 나중에 마카로니가 나왔고, 나는 마카로니를

좋아했다, 나는 할머니의 약장을 뒤졌고 짙은 녹색 치약을 싱크대에 짜 뭉갰고 손톱을 붉게

칠했지만 그런 건 아무래도 좋았고, 나는 분홍색 니 삭스를 신었지만 그건 그냥 넘어가자, 그리고

이제 이거, 우리 중 누군가는 어떤 예배당이나 묘지나 화장터에서 부서진 휴대용 시디플레이어로

토니 엘리스의 밴조 연주곡 〈손에 손 잡고〉[173]를 들어야만 할 것이다, 시신이 불타오르는 동안

들려오는 토니 엘리스, 기분이 어떨 것 같나, 이제 우리는 그것과 함께 꼼짝없이 갇힌 신세다.

내가 쓴 책 혹은 시 혹은 페이지에 열정적으로 나열한 단어의 외골격과

마주친 적이 있다, 열정은 사라지고 없었다, 단어는 어렴풋이 나타난다,

호박 속에 갇혀 웅크린 채 섬뜩하고 공허한 눈빛으로, 금빛이 그 단어를

통과해 빛난다, 리소페인[174]처럼, 나는 시체를 파헤쳐서

무엇이 남았는지 보길 바라왔다, 영혼보다는 차라리 껍데기를

만나고 싶다, 얼어붙은 땅, 매장용 관실을 깨뜨리고 싶다, 그 안에 시신을

안치하지만 결국 청동 손잡이, 경첩, 나사만 남고 말 관을 깨뜨리고 싶다,

그저 한 아름의 불쏘시개이거나 정해진 수의의 푸른 섬유 한 줌으로

남겨질 육신, 지금도 어느 서랍에 있을 운구하는 사람의 목록과

시신을 들고 운구차에서 교회로 갔다가 다시 운구차로 갔다가 다시

무덤으로 가는 일을 견딜 수 없을 누군가를 대비해 만든 대체자 목록,

식물 세포처럼, 혹은 상습범의 감방처럼, 혹은 십자가의 길 성상聖像[175]처럼,

혹은 장례식 샐러드라 불리는 여러 색의 젤로[176] 혼합물처럼, 혹은

바우하우스식 인형의 집의 균일한 방들처럼 직사각형 단위로 진행되는 이야기.

모든 삶에는 우리가 거의 통제할 수 없는 반복적 테마가 있다. 어쩌면 아름다움이 당신의 반복적 테마일지도 모른다. 그럼 좋지. 아니면 당신은 추할지도 모른다. 그럼 재미없지. 당신은 시선을 느끼고 그것과 함께 사는 법을 배운다. 혹은 당신은 완두콩 때문에 괴로워하는 공주다. 혹은 만 장의 매트리스와 그 위에 놓인 무거운 체리 같은 공주에 깔려 숨이 막히는 완두콩이다. 내가 뭐라고 삶의 틀을 판단하겠나? 만일 당신의 반복적 테마가 새라면? 생일 선물은 모두 새와 관련된 것. 죽은 나무 몸통에서 개미를 쪼아 먹는 붉은 머리의 새를 위한 특별한 선물. 아니면 복근과 이두근 얻기라면, 꺼지지 않는 허기를 통제하기라면, 식후용 민트 사탕 같은 파스텔 색조의 작은 민소매 드레스로 가득한 옷장. 어쩌면 당신은 감상적이라는 낙인이 찍혔는지도 모르고, 혹은 크고 뚱뚱한 펜으로 다른 이들에게 감상적이라는 낙인을 찍는 사람인지도 모른다. 혹은 몇백 년 전에 당신 조상은 노예였는지도. 혹은 당신 조상은 노예를 소유했는지도. 당신 조상은 불태워졌는지도. 혹은 당신 조상은 성냥을 켰는지도. 악은 여러 세대를 거치며 구더기처럼 꿈틀꿈틀 기어간다. 우리 고조부는 곡식밭에서 밭을 가는 말을 때려죽였다. 그 후로 모든 게 소작농과 고통의 지독한 냄새를 풍기는 것도 놀랄 일은 아니다.

꿈에서, 어머니가 아래층에서 내 이름을 불렀다, 나는 가장 위층에서 어머니의 이름을

불렀다, 어머니라고 부르지 않고, 그녀가 태어날 때부터 떠안고 살게 된 이름을, 어머니는

자기 이름을 좋아한 적이 없다, 자기 머리칼도, 부스스하다고 말했지만 사실 크게 신경 쓰진 않았다,

내가 거기 있다는 사실을 어머니가 알았다는 데서 나는 약간의 안도감을 느낀다, 군중은

어머니가 올라가지 못하게 막고 있었다, 어머니는 오르는 걸 좋아하는 성격이 아니었다,

어렸을 때 어머니는 지하실 설탕 자루 위에서 잠들곤 했다, 유리한 위치에 있던 나는 하늘을

전부 볼 수 있었다, 전체, 지평선의 둘레, 우리 쪽으로 구불구불 기어 오는 온갖 종류의

깔때기 구름, 어머니는 다섯 살 때 이발사에게 거짓말을 했다, 자기 머리를 남자애 머리처럼

짧게 잘라야 한다고 말했다, 토네이도가 불어닥친 후 나는 잔해를 뚫고 달리며

어머니를 찾았다, 아래층의 소작농들은 이미 익사한 상태였다, 나는 또다시 어머니의

이름을 불렀다, 큰 목소리로, 접이식 의자에 한 노파가 마녀처럼 등이 굽은 채 앉아서 죽은 이들을

담당하고 있었다, 내 어머니는요, 어머니는요, 노파는 바닥에 늘어선 젖은 시신 가운데

한 시신을 가리켰다, 나는 출산할 때처럼 비명을 질렀다: 어머니는 내가 가진 것,

혹은 내가 가진 전부, 혹은 내게 남은 전부였다, 꿈속에서의 대화는 기억하기 힘들다.

또다시 그 꿈을 꾸었다, 우리는 아빠의 시신을 또 잃어버렸지만 결국

다시 찾아냈다, 우리는 아빠를 디킨슨[177]의 관에 안치했다, 하얗게 칠해진

목재 관, 그동안 아빠의 시신은 어디 있었던 걸까, 이상한 기분이 들었다,

아빠의 눈꺼풀을 꿰매서 감기게 한 실밥이 보였다, 하지만 자, 보시라

너무 길어서 이따금 뒤엉키던 속눈썹은 여전히 온전했다, 그리고

아빠의 목 쪽에는 에밀리처럼 작은 제비꽃 한 다발, 분홍색 복주머니꽃이

놓여 있었고, 양손에는 헬리오트로프가 들려 있었다, 나는

아빠의 손을 좋아했다, 아빠의 손은 크지 않았다, 목재를 자르고

사포질하던 손, 그 손에는 섬세함, 예민함이 있었다, 어린 조카가 죽은 후

에밀리는 예민해졌다, 심지어 의사가 자신의 맥박도 못 짚게 했다,

의사는 그저 문 앞을 지나가며 힐끗 보는 것으로 진단을 내릴 뿐이었다,

어머니와 언니는 아빠의 관에 블루벨[178]을 올려놓고는 그걸 스위트피[179]라고

불렀다, 왜 그랬는지는 나도 모르겠다, 왜 내가 에밀리를, 그리고 아빠를

그토록 그리워하는 건지도 모르겠다, 왜 죽는 걸까, 왜 꿈꾸는 걸까?

지금 내가 사는 도시에서 내가 고향이라 부르는 곳까지

찾아가야 하는 꿈을 꾸었다, 나는 자전거를 타야 했고 밤이

내리고 있었으며 엎친 데 덮친 격으로 물이 범람해 있었다,

홍수가 나 있었다, 왜 꿈에서 강은 경계를 벗어나는가, 왜 나는

익사하지 않기 위해 왔던 길을 되돌아가야만 하는가, 대안으로

택한 길은 어두웠고 나는 오줌을 싸야 했다, 길가의 부들과 속새

사이에 쪼그리고 앉아서, 그러다 그만 바지를 잃어버렸고, 어둠 속에서

그걸 잃어버렸고, 홍수가 나 있었고, 나는 나의 초창기를 보낸 땅과

이제 내가 고향이라 부르는 곳 사이를 바지도 없이 헤매고 있었다, 그때

트럭을 탄 남자가 나타났다, 운 나쁘게도 트럭에 칼에 꿈까지 가진 남자가, 그것은

옥수수 한 이삭을 줄기에서, 수많은 이삭을 수많은 줄기에서 베어낼 수 있는

칼이었고, 그는 길이 어두워진 것을 보았다, 달빛 속에서 줄기의 그림자를

보았다, 그러자 그는 나의 꿈을 강탈했다, 그것은 그의 꿈이 되었고,

〈기수의 노래〉 속 로르카[180]처럼 나는 끝내 모국으로 돌아가지 못했다.

85

골든로드[181]야, 있잖아, 나는 말할 수 있어, 모두가 내게서 무언가를

원한다고, 하지만, 글쎄, 모두가 내게서 무언가를 원하는 동시에 아무도 내게서

무언가를 원하지 않지, 골든로드야, 아마빛의 머리털 지닌 짐승아, 너는

도금한 정어리처럼 초원을 채우는구나. 나는 가슴이 두근거리는 증상이 있는데

어떤 완화도 결국에는 반동[182]을 대가로 치르고야 말지, 말에게 차였다고 거짓말한

눈에 멍이 든 우리 고모처럼. 오월이면 자유로운 황금방울새가 엉겅퀴를 마음껏

먹으러 와서 앉아 있거나 이리저리 날아다니며 자신이 느끼는 정치적 피로감을

노래해. 열받는 일이지, 새야, 주일학교에서 배운 악마가 실재한다는 사실을

알게 되는 것은. 나에게는 나만의 주일학교도 없었는데 말이야. 무단 침입해서 훔친

미술용품과 횡설수설. 차라리 놀이용 앞치마를 허리에 두르고 바람을 품은 태양을

마주한 채 너의 금빛 자웅동체 요술봉이 흔들리는 걸 지켜봤더라면. 나는 멍청이라서

온 마을이 도금한 이교도로 화려하게 넘쳐났음에도 '신'이라는 상품을 찾아 헤맸어.

골든로드야, 너는 죽어가는 게 힘드니? 나도 알아, 죽어가는 게 힘들다는 거 나도

알아. 너는 줄기를 어딘가로 뻗고 있는 거니, 아니면 그냥 마구 뻗기만 하는 거니?

이 삶을 어떻게 떠날 것인가, 직장을 떠났을 때처럼 떠날 것인가, 아무 말 없이

그냥, 학교에 가겠다며 나가버린 어머니처럼, 울고 있는 나를 내버려둔 채

문을 쾅 닫고, 어머니에게는 읽어야 할 책이 있었다, 혹은 구급차에 실려 갔던

아버지처럼, 오크 나무를 붉게 훑던 회전 경광등, 그리고 병원 침대,

환각 상태에서 본 군함과 바다, 혹은 옛 애인이 우리를 떠났던 것처럼,

옷을 담은 쓰레기봉투를 갓 죽인 사냥감처럼 눈 위로 끌며, 혹은 내가 케브를

떠났던 때처럼, 그가 집에 돌아와 내 마음을 바꾸려 하거나 나를 죽이기 전까지

내게는 이십 분의 시간이 남아 있었다, 내 시를 다 쑤셔 넣은 아빠의 서류 가방과 타자기와

물개 가죽 외투를 챙겨 들고 빨간 문을 나섰다, 그러고는 비행기를 타고 집으로,

그와 함께 뉴욕에서 보낸 세월에 너무 질린 나머지 숲에서 들꿩을 놀라게 해서 날아오르게

했을 때 나는 와르르 무너지고 말았다, 나는 들꿩이 떠나듯 떠날 것인가, 날개로 대기를

두드리며, 혹은 퀸의 라이브 에이드 공연 후 무대를 내려가던 프레디처럼,

경주마처럼 번들거리며, 전성기를 뽐내는 모습으로, 혹은 나는 파티를 떠나듯 떠날 것인가,

작별의 말도 없이, 불이 꺼진 나뭇가지 모양 촛대에서 피어나는 연기처럼 문밖으로.

어떤 색깔에 대한 꿈을 꾸었다, 줄거리는 없다, 색깔뿐, 이상하다, 한때

옥스블러드[183]라 불리던 신발이 있었다, 그 색은 옥스블러드 아기 신발

색과 비슷했다, 하지만 정확히 그 색은 아니었다, 송아지의 간 색도

아니었다, 물론 심장보다 간에 가까운 색이었지만, 소녀의 옥스블러드

머리색도 아니었다, 마호가니색도 아니었다, 빌어먹을 마호가니, 한번은

비취색 호숫가에서 바위 위를 걷다가 넘어진 적이 있다, 상처는 작았지만

깊고 심술궂었다, 가장자리가 부동액 색으로 물든 마젠타색 내 피,

상상도 못 할 황록색, 생물 발광으로 인한 빛의 색 같지만

반딧불 색은 아닌, 빌어먹을 반딧불이, 녀석들의 빛은 싸구려 야광 손목시계의

가짜 남색 빛에 가깝다, 어쩌면 미켈이 내 원룸으로 보내줬던

글라디올러스 한 다발의 색, 미켈은 내 꿀단지를 열고는

단지 입구를 한 바퀴 핥아먹었다, 빌어먹을, 그것 때문에 나는

분개했다, 글라디올러스와 꿀과 혀와 분노, 그리고 죽은 지 정말 오래된

미켈, 그의 엄지에 생긴 카포시 육종까지 뒤섞인 듯한 그 색깔.

그가 샌프란시스코에서 전화했다, 나는 아기에게 젖을 먹이고 있었다, 그는 자기

종아리에 병변이 생겼다고 말했다, 담뱃불에 탄 자국처럼 보인다고, 에이즈 초기 때

일이다, 칵테일 요법[184]이 나오기도 전, 내 지하 아파트는 말벌에 시달렸다, 욕실 환풍기 안에

벌집이 있었다, 그러고는 물어뜯는 불개미까지, 지하실은 아기를 키울 곳이 못 된다,

돌이켜보면 그 시절 고생은 별거 아니었다, *챌린저호*가 폭발했을 때도

나는 아기에게 젖을 먹이고 있었다, 우주 비행사들은 선체가 바다에 떨어지기 전까지

살아 있었다고 한다, 추락하는 내내 눈을 뜬 채, 내 젖이 많이 나왔을 거라고

생각하겠지만 그렇지 않았고, 그럼에도 내가 짐승이긴 하다, 그때부터 그의 발은

신경병을 앓았다, 그는 다리를 절었다, 한때 마을 테니스 대회에서 우승했던 그가,

검은 옷을 입은 세 인물이 그의 침대 발치에 나타났다, 그러고서 그는 눈이 멀었다,

싸구려 잡화점에서 파는 독서용 안경이 해결책이라 생각했다, 그는 정신이 나갔다,

그러고서 그의 몸은 바닷물로 가득 찼다, 그가 민물 지역 출신이었음에도, 강, 개울,

질척한 내륙호, 지하 창문 우물[185]에 사는 영원[186]들, 그의 부모는 가난했지만

운 좋게 지상형 중고 수영장을 구해서 과일 가판대 뒤쪽에 놓아두고 있었다.

나는 그가 어떻게 생겼었는지에 초점을 맞추고 싶다, 적어도 후세를 위해서, 〈차이나타운〉[187]에 나온 잭 니컬슨과 상당히 닮은 모습이었다, 터프한 면이 아니라 헤어라인이, 니컬슨이 거의 영화 내내 반쯤 감긴 눈으로 던지는 이성애자의 눈길 혹은 코 위의 깊고 끔찍한 상처가 아니라, 물론 생의 말기에 미켈의 코와 귀와 목과 관자놀이까지 병변이 생기긴 했지만, 닐 영[188]과는 확실히 좀 닮은 구석이 있었다, 입매, 턱을 낮추는 모습과 그가 아주 어렸을 때 눈 위로 흘러내린 앞머리 너머로 바깥을 내다보던 눈빛, 미식 축구단 애들한테 게이 새끼라는 말을 듣던 시절, 미술 수업, 우리는 함께 그렸다, 내가 낭만적인 호기심으로 여긴 것은 말 그대로 호기심이었다, 실제 호기심, 나중에 그는 목숨이 끊어질락 말락 할 때 내가 그의 차를 상속해 그때 몰던 고물 올즈모빌을 대신할 수 있게 복잡한 준비를 해두었다, 결국 그의 친구가 샌프란시스코에서 그의 차를 팔고는 중고 쉐보레 노바를 사는 데 보텔 수표를 내게 보내왔다, 고동색이었고, 긁힌 흔적이 있었지만 그런대로 잘 굴러갔다, 가끔 그는 이렇게 말하곤 했다, "나는 석 오언스고 여기 애들은 나의 퍼커루[189]야." 그러고는 〈나는 호랑이 꼬리를 잡았네〉[190]를 불렀다, 하지만 그보다는 로커스트 코트에 있던 위층 방에서 고물 기타를 칠 때가 더 많았다, 늘 아주 가벼운 터치로, "어쩔 수 없어, 어쩔 수 없어"[191]라고 노래했다, 그 노래, 바닥의 매트리스, 나는 상관없었다, 창턱에 놓인, 태엽 감는 알람 시계도.

그는 말했다 자지가 더는 말을 듣지 않아서 몹시 불쾌하다고.

하지만 우리에게 중요한 건 자지가 아니었다. 아닌가. 물론 한동안 그에게

가장 중요한 게 자지이긴 했다. 샌프란시스코 자지. 그의 잔혹한 소방관

아버지로부터 멀리, 멀리 떨어져서. 그리고 나로부터. 그는 마침내 자기 자지와

남들의 자지로 하고 싶었던 것을 할 수 있었다. 그리고 〈왈가닥 루시〉[192]의 루시처럼

차려입을 수 있었다. 그리고 딕 밴 다이크[193]를 주인공으로 한 연재물을 쓸 수 있었다.

그리고 드레스와 가발을 착용하지 않았을 때는 자신을 실존주의적 카우보이라고 부를 수

있었다. "우리가 한 모든 일의 카리스마적 기획자", 앨런은 그에 대해 그렇게 말했다.

그러나 우리 생각은 달랐다. 우리는 우리의 카리스마를 서로에게 낭비하지 않았다.

서로를 위해 드레스를 입지 않았다. 나는 가끔 그를 위해 드레스를 입었는지도

모르겠지만. 그를 위해 연기를 했는지도 모르겠지만. 달리 방법이 없었다. 마지막으로

그를 만났을 때. 그가 정신을 잃고 바다로 가득 차기 전. 죽기 전. 그는 말했다,

"다이,[194] 체형이 변한 것 같네." 나는 이제 막 4.5킬로그램 나가는 아기를 낳은 상황이었다.

하느님 맙소사. 나한테 뭘 바라는 거니. 나한테 대체 뭘 바랐던 거니.

큐팁[195] 두 개로 작은 새를 쓰다듬는 사람이 나오는 짧은 영화를 보았다, 큐팁은 양손

집게손가락과 엄지손가락 사이에 끼어 있었다. 새는 가벼운 애무를 받고자 머리를 뒤로

젖혔는데, 새에게 그것은 분명 신의 손길처럼 느껴졌을 것이다. 잠시나마 나는 알 수 있었다,

말해지지 않고 보일 뿐인 소소한 사랑 앞에서 속수무책이 된다는 게 어떤 느낌인지를.

나는 너를 만지기가 두려웠다. 네가 전화로 말해준 병변이, 그것들의 위치와 각각

몇 센티미터에 이른다는 크기가 두려웠다. 예수의 표식, 너는 그것들을 그렇게 불렀다.

전부 내가 마음의 준비를 하고 두려움에서 벗어나거나 덜 두려워하라고 말해준 것이었지만 나는

여전히 너의 그런 죽음이 두려웠다. 처음 찾아갔을 때 내가 네 눈을 너무 오래 쳐다봐서 너는 몸을 떨며

내게 눈길을 돌리라고 명령했다. 너는 죽어가면서도 오만했지만 내 두려움에 대해서는

정중했다, 너는 이해했다, 마치 내가 뇌우를 두려워하는 아이라도 되는 것처럼, 그리고 열 살 때

번개를 맞았던 나는 실제로 그러했다. 갑자기 너는 말했다, 네가 죽고 나면 내가 〈블루〉를,

조니 미첼[196]의 《블루》를 다시는 들을 수 없을 거라고, 노래 하나가 아니라 앨범 전체를. 그것은 네가

파랗게 염색한 모피처럼 내 어깨에 걸친 가벼운 저주였고, 그리하여 지금 나는 너에게 반항하며

듣는다. 듣는 동안 대명사가 바뀐다. 우리가 듣고 있다. 죽음 같은 건 존재하지 않는다.

모든 게 불완전하게 느껴진다. 모든 것에 대한 내 사랑은 불완전하다. 다 죽어가는 미켈은

카포시 육종에 뒤덮인 채 내게 만개한 국화의 아름다움을 보라고 요구했다. 봐,

그는 요구했다. 나는 그것에서 아름다움이 보인다고 거짓말했지만 내가 본 것은 노란 꽃의

얼룩뿐이었다. 나는 그 자리를 떠나고 싶었다. 나는 그가 나 없이 혼자 죽게 내버려둔 채

떠나고 싶었다. 그리고 곧 그렇게 했다. 마지막 작별에서 내가 허락한 티끌만큼의

감정만으로도 나는 절규했다. 마음의 어두운 방들 중 한 곳에 예수님이 살게 하려면

마음을 완전히 열라던 말을 그대로 실행했다면 과연 무슨 일이 일어났을까?

휘트먼은 내게 "문에서 자물쇠를 떼어내라! 문설주에서 문 자체를 떼어내라!"[197]라고

말했다. 세인트조강이 범람해서 세이브 어 랏[198]을 망하게 했던 것처럼 사랑이

밀려들게 하라. 그곳은 동네의 유일한 가게였다. 내 유골을 강에 뿌리지 마, 미켈은 말했다.

강의 지류에 뿌려줘. 나는 그렇게 했다. 나는 유골을 만지지 않은 채 그것을 지류에 뿌렸다.

이제 나는 그 유골 가루를 손가락에 묻혀 지문이라도 남기고 싶지만 너무 늦어버렸다. 나는 그가 나를

껴안고 내 윗입술을 만지며 그것을 큐피드의 활 끝이라고 불렀을 때처럼 그 유골을 껴안고 싶다, 나를

움찔하게 했던 그 표현. 나는 그때 사랑을 완전히 느꼈고, 그 후로는 영영 느껴보지 못했다.

93

시에서 죽음이란 존재하지 않는다. 한 행이 다음 행으로 넘어가며 침묵으로 사라질지는 모르겠으나 그것이 죽음은 아니다. 시에는 캑캑거리는 소리도 피 냄새도 없다. 그 소리와 냄새를 설명할 수는 있다, 하지만 설명이란 사실 은신처다. 설명에는 고결함이 없다. 시에는 고결함이 있나? 없기를 바라자. 고결함 또한 또 하나의 은신처에 불과하니까. "무수히 느껴지고 대개 경멸당하는 이 모든 꼴사나운 현실을 통과하며"라고 앨런은 시에 썼다. 네 시를 좀 인용해도 괜찮겠지, 앨런. 그것은 사랑의 뉘앙스에 대한 시이지만 앨런도 시에는 사랑이 없다는 데 동의할 것이다. 버섯에도, 손으로 만든 웨딩드레스에도 사랑은 없다. "되도록 사용하지 마세요"라는 말이 수놓인 장례식장 손수건에도 죽음은 없다. 나는 기어가는 벌레worm를 보고는 그게 천사라고 생각했다. 천사를 보고는 그게 폭풍storm이라고 생각했다. 정신에 일어난 문제는 곧 시에 일어난 문제다. 신문팔이 소년을 그냥 신문팔이 소년으로 남겨두기란 어려운 일이다. 소년은 배달용 천 가방에 물고기를 담아 할머니에게 가는 소녀로 계속 변하는데, 할머니는 실은 할머니로 변장한 늑대다, 다음과 같은《율리시스》[199]의 구절을 노래하는: "그리하여 그 두 사람은 잠시 그곳에 서서 절망한 채 서로 슬퍼하였도다."

나는 그저 단순한 물건 몇 개로 이 지구에 매여 있었다,

다 해진《더블린 사람들》한 권으로, 특히 소년이 한때

신부였던 사람의 시신을 쳐다보는 이야기로, "그의 얼굴은 아주

사납고, 잿빛에 거대했으며, 콧구멍은 동굴처럼 시커멨고

얼굴 주위에는 듬성듬성 흰 털이 나 있었다",[200] 말[馬]로, 말에 대한

기억으로, 심지어 반지도 아니고, 집 열쇠도 아니라, 그러다가

그 책을 잃어버리고 말았다, 공항에서 도둑맞았다, 〈작은 구름〉을

겨우 반밖에 읽지 못했을 때였다, 마지막으로 읽은 문장이

떠오른다: "이그네이셔스 갤러허는 커다란 금시계를 꺼내 들고

쳐다보았다", 훌륭한 문장이다, 강렬한, 그 문장이 없었더라면 나는 길을 잃고

말았을 것이다, 거품처럼 흩어지고 말았을 것이다, 머리 위 하늘에는

크고 서투른 붓질로 타르가 칠해져 있었을 것이고, 그 아래에는

삼지창 같은 번개에 갈라지는 안장주머니 같은 비구름이 있었을 것이다,

그 책은 말안장 색이었다, 혹은 말안장을 등에 얹은 짐승 색이었다.

아름다움의 본성에 대한 갑작스러운 구절들: 나는 데스마스크를

살펴보았다, 테슬라의 것만 빼면 대체로 똑같아 보인다, 오 가엾은

링컨은 링컨처럼 보인다, 프랭클린, 밀가루 반죽 같다, 키츠, 잠에서

깨어나 자신이 여전히 살아 있다는 게 괴로워 울곤 했다는 그는

아름답다, 아름답다니 무슨 뜻일까, 그 얼굴의 부드러운 면들, 속눈썹, 마치

산들바람이 부는 버드나무 아래서 낮잠이라도 자는 듯한 석고 안면상의

태연함에 대비되는 그의 고통의 서사, 그가 마음속에 떠올리는

패니 브론, 그녀에 대해 그는 이렇게 썼다: "—그녀의 팔은

훌륭한데, 손은 좀 별로야",[201] 혹은 그가 아름다운 것은

그의 시가 아름다워서일까, 아름다운 시란 무엇인가, 아니면 그의 얼굴이

고요해서일까, 마지막 순간의 극도로 추악한 일그러짐이 포착된 노인의

데스마스크와 달리, 나는 *그것의* 아름다움을 나 자신에게

가르치고 싶다, 키츠는 "아름다움은 진리다"[202]라고 썼다, 그렇다면

패니의 마지막 얼굴은 어느 어두운 벽장 안에 숨어 있는가?

문학은 위험한 사업이다, 시에서의 형식이라는 덫, 소설에서의 플롯[203]이라는 덫,

그것은 나 같은 사람에게 폐소 공포증을 유발할 수 있다, 넝쿨이 얽힌 출구도 없어서,

우리는 단지 길을 잃을 뿐만 아니라 다른 누군가의 세상 속 만져지는 디테일에

찔리고 만다—울타리 말뚝에 칠해진 채 말라가는 파란 페인트, 달아오른 관목이 풍기는

육향 같은 냄새—겨우 모사물일 뿐이지만, 층층이 쌓인 인물들의 감정에도 찔리고 만다,

마치 영겁에 걸쳐 이어진 유기적 과정을 통해 쌓이기라도 한 듯한 감정, 슬픔, 절망,

자기기만, 그 사이사이에 어떤 눈부신 순간적 소원 성취가 듬성듬성 흩뿌려진, 두 인물,

비밀스럽고 꽉 막힌 한 인물과 즉흥적인 한 인물, 둘은 밤에 뱀처럼 구불구불한 다리

위에서 만난다, 말없이 손목을 스치는 손끝, 턱을 스치는 입술, 그러고는 헤어진다,

대학교나 전쟁터로 향하며, 혹은 한동안 둘 사이에 로맨스가 꽃피어도 결국

열기는 식고 만다, 자본주의, 성性역할, 시간에 의해 만신창이가 되어, 보라, 몇 주 동안 계속

나는 종이와 잉크로 만들어진 이 감옥에, 끝없이 계속되는 이 삼각관계에

갇혀 있다, 먹지도 마시지도 못한 채, 매독으로 망가진 누군가가 쓴 문장 몇 개를

거듭 읽으며, 후추 냄새 섞인 사향 같은 흰 헤스페리스[204] 냄새를 내뿜는 그 문장들을.

나는 책 속의 그 소년이 되고 싶었다, 오솔길에서 우연히 조약돌을 발견하듯

욕망을 발견하는 그 아름답고 길쭉한 애가, 나는 그 소년이 되고 싶었다, 그에게는

군더더기가 없었다, 젖을 먹이거나 피를 흘리거나 그와 같은 존재를 세상에 출산하도록

만들어진 몸도 아니었다, 누군가를 보고 원하고 그로 인해 고통받는 것, 우아하게,

욕망이 우리에게 선사하는 아름다운 고통, 원함이 곧 소유함은 아니라는,

소유함도 늘 소유함은 아니라는 것, 우리는 몸의 여러 입을 통해 몸속으로

들어갈 수 있지만 거기에 머무를 수는 없다는 것, 머무름이란 없다, 여자로서 우아하게

욕망하기란 내게 불가능했다, 소녀로서 오솔길에서 우연히 바위를 발견하듯 욕망을

발견하기란 어설프게 넘어져서 거울처럼 산산이 깨지는 것을 의미했다, 남자가 되는 것,

내 생각에 남자가 되는 것 또한 그 자체로 하나의 싱크홀이다, 나는 소년이 될 것이다,

바로 이 소년, 육신이 아니라 문학으로 만들어진 문학적 소년, 진주 손잡이 칼에 찔리듯

뚜렷하게 욕망에 찔린 이 영웅적 바보, 불법 욕망, 모든 욕망은 불법이어야만 한다,

인생이 셔츠처럼 풀려버리는, 푸른 그림자가 진 축축한 장소에서 충족되는 욕망,

앞으로 자라서 될 남자를 욕망하는 이 소년이 되기에, 나는 너무 늦어버렸다.

최근의 내 문학적 취향은 조증에 가깝다, 홉킨스, 그림 형제의 동화 전집, 방금 읽은 건

〈다 닳을 때까지 춤춘 신발〉, 체호프의 노트, 그리고 TV 프로는 흉악한 복화술사와

그가 사랑하는 인형인 리아부친스카에 대한 히치콕의 에피소드, 왕관을 쓴 여자 인형, 나는

장편소설에서 단편소설로, 다시 체호프의 소중하지만 시시한 횡설수설, "사냥하다 죽은 기술자

글리예보프의 아내가 그곳에 있었다. 그녀는 노래를 아주 많이 불렀다"로, 다시 최신 장편소설로 옮겨간다,

스크린에 가상 페이지가 뜨는 작은 기계로 읽고 있는 이 작품은, 거의 직접적으로 불운한 사랑을

다루고 있다, 그것이 내가 선별한 작품들을 관통하는 주제다, 그러다가 내 소네트가 내게 말대꾸하기

시작한다, 그것은 나의 외로운 동반자, 나의 압생트 술꾼, 나의 왕관을 쓴 절친, 왜, 그것은 묻는다,

너는 텍스트에서 텍스트로 미친 듯이 휙 건너가는 거야, 그러면 나는 의사가 백신 주사를 놓으러

방문했을 때 내 침대에서 언니 침대로 휙 건너간 이야기를, 혈청을 피하려고 침대에서 침대로

건너간 이야기를 들려준다, "장티푸스에 걸리고 싶은 거니?" 그는 외쳤지만 나는 휙 건너갔다,

나 자신을 침대 밑 통로를 통해 왕에게서 달아나는 왕족으로 상상하며, 그곳에서는 나의 왕자님이

나를 무도회에 데려가려고 조각배에서 기다리고 있었고, 무도회에서 나는 신발에 구멍이 나도록

춤추고 노래를 아주 많이 부르고는 장티푸스에 걸려 죽을 것이었다, 제라드 홉킨스[205]처럼.

체호프가 부엌 식탁에서 나를 가만히 기다리고 있다, 차가 식어간다, 비록

나 자신과 약속하긴 했지만, 나는 그 무거운 오렌지색 책을 들어 올리지 못한다,

어쩌면 이 판본을 고른 사람이 바로 리처드고 나는 그를 한 번 만난 적이 있기

때문에, 군대식으로 정확하게 싼 그의 여행 가방, 그때 나는 좀 우스운 꼴을 보이고

말았는데, 그의 조수라도 되는 양 그가 두고 온 호텔 열쇠를 되찾아 오려고

허둥지둥 달려갔던 것이다, 혹은 내 아들이 체호프를 사랑하고 지금은 먼 북쪽에

살면서 절대 돌아오지 않을 거라고 말하기 때문에, 자기가 만든 목제 카메라만

남기고 나머지 물건은 다 버리란다, 유리 렌즈를 끼우다 거의 죽을 뻔한 그 카메라,

혹은 체호프의 마지막 날을 다룬 카버[206]의 단편 〈심부름〉 때문에, "아래쪽

정원에서 개똥지빠귀가 울기 시작한 동틀 녘까지 그녀는 체호프 곁에

머물렀다", 아무것도 읽을 필요가 없을 때가 있다, 새를 응시하고,

혼자서 카드놀이를 할 때가, 그러다가 나는 죽은 새를 발견한다, 보살펴주고

묻어줘야 할 새 한 마리를, 이웃이 녀석의 몸에서 떨어져 나온 검은 다리와

발을 찾아 뻣뻣하고 파란 깃털 한 줌과 함께 녀석을 구덩이에 던져 넣는다.

이 모든 게 환영이거나 내가 환영이거나, 환영이 어디서 시작되었는지

나도 정확히 모르겠다, 어쩌면 나는 여전히 연결되어 있는지도, 아마빛

머리털의 아이 하나를 데리고 다니는지도, 나의 단일성은 모든 상황에서

신기루일지도 모른다, 올란도스에서《더블린 사람들》을 읽으며

타코를 먹고 있는데 온 세상은 나란히 마가리타를 홀짝이고 있다,

리오그란데강 지류 근처의 어둠 속에서 파란색 피크닉 테이블에 앉아

유성우를 본다, 내가 결코 속하지 못할 것이고 속해서도 안 될

'그리스도의 피' 산맥[207] 아래쪽 부락을 어슬렁거리는

들개들, 그리고 등을 따라 남색 깃털이 나 있고, 거울에 비친

자기 얼굴을 알아볼 수 있는 까치들, 혹은 '불교 개론',

수업 내내 느끼는 페요테[208] 환각, 마니차[209]를 파티 선물처럼 빙빙

돌리는 교수, 어쩌면 시작은 아빠와 함께 '거울 미로'에 갇혔던 때까지

거슬러 올라가는지도 모르겠다, 아빠를 붙잡으려고 손을 뻗었지만

유리에 쾅 하고 부딪칠 뿐이었지, 나, 나, 손상, 환각.

101

오늘은 산맥이 검다, 바람이 도와줄 때 휘트먼의 수염 뒤로 숨는다,

붉은 흙 모퉁이에서 다리 없는 노숙자들이 혼잣말한다, 웃을 게 아무것도

없는데도 웃는다, 아무것도 안 적힌 판지 팻말을 손에 든 채, 너무 큰 결핍이라

말로 표현할 수도 없다, 그리고 나는 어디에도 속해 있지 않다, 어디에도

속했던 적이 없다, 내가 자란 곳에도, 내가 자라지 않았던 곳에도, 어떤

교실이나 도로변 모텔이나 어떤 가짜 혹은 진짜 전통 식당에도, 세련된 쪽에도,

보이지 않는 쪽에도, 도시뿐 아니라 바람에 앞치마가 펄럭이는 농장에도,

어떤 직장에도, 이런 맙소사, 직장이라니, 나는 이게 십 대의 울부짖음이란 걸

알지만 그럼에도 나는 정말로 울부짖고 있는 게 아니다, 나는, 나는 울부짖고

있는가, 내 말은 이 몸이 집이었던 적은 한 번도 없었다는 거다, 나의 오두막shack은

나의 족쇄shackle, 개는 착하지만 문다, 시詩는 내가 마을을 뜨려고 급히

걸친 다른 누군가의 옷, 심지어 내가 태어난 병원도 가톨릭교도들에게

빌린 것이었다, 수녀들은 나를 이상하게 여겨 불교도들에게 떠넘기려

했지만 그들은 안개 속에서 손을 뻗어 나를 되돌려보냈다.

이십육 일 동안 나는 식기 세척기가 있는 아파트에서 살았다,

분명히 말하건대, 그것은 나를 변화시켰다, 매일 뜨거운 비눗물에 손을

담그지 않게 되자 손이 변했고, 그 변화는 벌레처럼 팔을 타고 올라가

뇌까지 파고들었다, 그리하여 나는 지금껏 싱크대에 가득한 설거지를

내가 해냈다는 사실 자체를 믿지 못하게 되었다, 게다가 나는

어느 낯선 시간대에, 어느 고지대에 있게 되었고, 그래서 침대에

등을 대고 누우면, 병자처럼 숨이 찼다, 나는 키츠 같았다,

그리고 깨어나면 조금 울었다, 눈을 떠 다시 한번 죽어간다는 사실을

깨닫고는 조금 울었던 키츠처럼, 그리고 동네 사람들은 전에 없는

존경심을 보이며 나를 대했고, 그들과 악수할 때면 나는 그들이

내 손을 부드럽게 여긴다는 것을 알 수 있었다, 그리고 그 손은 실제로

부드러웠다, 다른 손도 그랬다, 부드러움은 뱀처럼 사방으로 스며들어

나의 삶 구석구석으로, 나의 내면 전체로 기어들었다, 나에게는

기원담起源談도 영혼도 없었다, 나는 사실상 하나의 가전제품이었다.

떠나 있는 동안 나는 나의 황폐화된 오두막집이 그립다

마녀의 설탕 창유리를 갉아먹는 얼룩덜룩한 바지 차림의

소년처럼 그 집을 쪼아먹는 그곳의 새들이 그립다 동틀 녘에는

먼지 걸레 같은 하늘이 그립고 해 질 녘에는 생리대 같은 하늘이

그립다 그리고 무덤가에 접이식 의자를 가져와서 무덤을 돌보는

일을 잠시 쉬는 어머니가 그립다 어머니는 의자에 앉아서

내 아버지 무덤 옆 구멍에서 들쥐가 불쑥 튀어나오는 걸 보고

뱀이 외조부모의 공용 비석에서 똬리를 푸는 걸 보고

야생 칠면조 떼가 숄 같은 깃털을 두르고 웅크린 채 나무 아래서

인생을 낭비하는 걸 본다 어머니는 숲에서 초원으로 이어지는

짓밟혀 생긴 길 하나를 알아차린다 사슴들이 달려와

앞으로 우리의 무덤이 될 땅을 일렬로 가로지르는 그 길을

어느 해 어머니는 그 묫자리를 헐값에 샀고 멀리서 오랫동안

어머니를 사랑해온 장의사에게 자기 유골을 담을 유골함도 샀다.

그것은 진짜 에덴동산 이야기다, 그 작은 공동체의 설립자이자

모든 것을 품에 안던 어머니는 암으로 세상을 떠났고, 그러고는

아칸소주에서 어떤 얼간이가 옥수수를 심을 생각으로 그곳에

들어왔다 사람들이 산에는 옥수수를 심을 수 없다고 말해주었고

언제가 됐든 한파가 찾아올 거라고 말해주었음에도 그는 옥수수를

심었고, 그것은 얼어 죽었다, 그리고 이제 그는 거의 매일 밤

밖으로 나가서 오직 하느님만이 아실 이유로 옥수수 껍질을 태운다,

그리고 그 일대 곳곳에 출입 금지 표지판을 세워서 숀이 개를

산책시키지 못하게 했고 반쯤 코요테인 리코는 숀 바로 앞에 떡하니

앉아서 최면이라도 걸듯이 숀의 눈을 응시한다, 하지만 코요테가 어떤

녀석인지 알잖나, 우리가 고독 속에 이미 잠자리에 든 밤에 우리의

상처에 소금을 뿌려대는 듯한 그 웃음 섞인 높고 날카로운 울음소리,

아칸소주에서 온 얼간이는 밖에서 불을 지피고 있고 메마른 나무들은

이제 아무도 사용하지 않는 금빛 화폐 같은 잎을 달그락거리고 있다.

그리하여 그곳에는 풍경밖에 없었다. 하늘을 가로막는 바위의 곡선들,

리본에 대한 영화만 계속해서 보여주는 자동차 극장 화면 같은. 가슴

모양의 핏빛 탑들. 아름답다, 내 정신은 그것을 그렇게 불렀다. 나는

바람 소리를 듣지 않으려고 그것을 언어화했다. 주간 고속도로 출구 근처

호텔에서 보낸 두 주. 너무 외로워서 침대 머리판에 남은 타인들의 지문에 대해

감상적인mawkish 기분이 되었다, 매hawk에 대해서는 호전적인hawkish 기분이 되었다.

매는 로드킬을 당한 동물을 먹나? 매를 먹는 건 뭐지? 나는 백과사전을

동사로 변화시켰다. 딕스에서 매끼를 먹었다. 딕이 누구죠, 웨이트리스에게

물었다. 최초의 딕을 기억하는 사람은 아무도 없어요. 그들은 딕을 찾아서

고용하려 했지만 지금껏 지원자는 아무도 없었다. 나는 내 외로움이 필요해, 이 말은

내뱉는 동시에 인용되었다. 내 이야기를 쓰는 누군가는 나를 '리본을 끊는 사람'이라고

불렀다. 나에게는 우편번호도 집도 개도 우체부도 우유 배달부도 대통령도 아빠도

없다. 그것은 고전적인 서부 영화의 한 장면이다: 구름 한 점 없는.

버려진 하늘 아래 모자를 쓴 남자. 이 경우에는, 페도라를 쓴 년.

새로 생겨나는 자아는 사랑하는 자아가 아니다. 지속되지 않는

사랑. 문장이 그러하듯 지속되지 않는, 사랑. 우리는 사랑의

깊이를 느끼지만 그럼에도 그 깊이는 얕다. 얕은 곳

아래의 무언가, 그리고 또 그것 아래의 무언가.

공습용 차광 커튼의 보호를 받는 어둠. 권태감은 아니다.

권태감이라는 배지를 내 옷깃에 달지 마라. 숭고한 것. 무한한

지하 세계 박물관의 지하실, 폭풍 속 구름들이 서로를 강타하듯,

혹은 이론가로 가득한 방에서 이론이 서로를 강타하듯,

죽음과 숭고함이 비밀리에 서로를 강타하는 곳. 사랑,

그것을 느끼고 나면, 우리는 그것이 어떻게 그렇게 작은

것일 수 있는지 의아해한다, 그럼에도 만약 사랑이 하늘에 있다면,

그것은 잠시 귤빛으로 얼굴을 붉히는 어떤 멍청한 비행기의

한쪽 날개일 것이다, 하지만 기억하라, 하늘의 후한 마음씨와

텅 비어 있음을, 그리고 그보다 더 큰 것인 자아를.

107

미니멀리즘에 이르려면 시간이 걸린다, 살아낸 오랜 세월, 오드서퍼링,[210]

그래, 나는 그쪽 편에 있다, 오어[211]가 썼듯이, 우리는

숨 막히는 침묵에서 불쑥 튀어나온 말로, 쓸모없는 열쇠가 달린

일기장으로, 이야기로, 시로 옮겨간다, 가장 잘 다듬어진,

따라서 원래의 범죄에서 가장 멀리 떨어진 것으로, 심지어 기쁨도 범죄가

될 수 있다, 특히 상실되었을 때는, 그리고 행복, 그 단어는 혀에 대한 공격이다,

왜, 환자는 의사에게 묻는다, 모든 게 민들레 줄기처럼 쓴맛이

나는 거죠, 심지어 혀 자체도 쓴맛이 나요. 어린 시절,

어느 밤, 내가 맡을 수 있는 건 피 냄새뿐이었다. 아무한테도

말하지 않았다, 폭우가 공기를 세탁하듯 씻어내기 전까지 그 상태는 몇 달간

지속되었다, 여든여덟 살의 콘, 암으로 가득한 그의 폐, 치매에

납치된 정신, 자신의 시를 기억하지도 펜을 들지도 못한다, 그래도 내가

그 시를 자기한테 읽어주는 것은 허락한다, 좋은 시로군, 그는 말한다,

기침한다, 유골함 모양의 한순간, 그래서 빛나고, 따라서 진실한.

이제 모든 것은 한때의 사랑을 떠올려준다. 쓸쓸한 곳에

부풀어 있는 부들. 내 머리의 끈적끈적한 컨디셔너. 딱딱한 책. 그것들의

얼룩덜룩한 책등. 휘저은 칵테일, 소용돌이치는 배꼽, 고동치는 별표 같은

단어들의 소용돌이. 과거란 이런 것이다: 젊어서 욕망했다가 이제는 더 이상 그러지

못하는 것. 미래에 부들은 나 없이 터져 흩어질 것이다. 나는 그것들이 누구의

눈에라도 띄길 간절히 바란다. 누가 묘지 말[212]을 탈 것인가? 말들의 눈가에

제멋대로 나부끼는 금발 앞갈기. 묘지를 걸으며 이상한 이름들에 대해

떠들던 시절. 현재형: 사랑 없는 길을 택한다는 것은 쪽빛 텅 빔에

구애하는 일이다, 디스코텍이나 작은 동굴 같은 텅 빔에. 혹은 삽이 언 땅을

뚫지 못하는 겨우내 시체를 보관해두는 동굴. 나는 그런 공간을

본 적이 있다. 나는 그곳에 혼자 있었던 적이 있다. 철썩이는 물결 소리.

서로를 부르는 동물들. 내 숨결의 메아리. 추위 속에 뿜어져 나오는 입김.

기억, 구석에서 살의를 품은 채 손에 무거운 돌을 들고 있는 침입자.

그리고 시. 바로 지금 이 시. 이 원나잇 스탠드.

그때 그 시절, 그 뒤에 찾아온 시절과 분리해 생각해보면,

말꼬리 갈대처럼, 그 시절은 이곳에 넘쳐난다, 혹은 넘쳐났거나,

우리는 그 시절을 마디마디 분리할 수도 있고 다시 하나로 붙일 수도 있다,

천천히 물이 새고 모터도 없는 보트에 타서 록배스[213]를 잡던 그 시절,

연못은 아주 맑아서 금빛 바닥 위로 별 모양의 풀[214]과 넓은잎말이 보였다,

아들은 아직 어렸고 그럭저럭 괜찮았다, 어떤 아이들만큼 행복하진 않았지만 충분히

행복했다, 우리는 충분히 행복했다, 나는 진실한 사랑을 믿지 않는다, 결혼은

협상인데 우리는 그것을 조율해 나갈 능력이 없었다, 우리는 고결한

이상만으로도 충분하다고 생각했다, 백 달러를 가지고 결혼했고 거기에는 노란

케이크와 초기 여성 참정권 운동가의 말을 인용한 초대장 복사 비용도 포함되었다,

내가 그와 결혼한 것은 그가 어렸을 때 강제로 안내원 역할을 한 교회의 종탑에 그린

롤링스톤스 그림 때문이었다, 나는 그것이 그에게 무슨 의미였고 따라서 나에게는

무슨 의미였는지 스스로 이야기를 지어냈다, 그러니 *그때 그 시절이 좋았지*가 아니라,

그냥 그때 그 시절이었을 뿐, 그것과 결부된 재앙만 떼어놓고 보면 그리 나쁘지 않았던.

오늘 세상은 축축하다, 세상은 축축하다, 나무들은 물을

뚝뚝 떨어뜨린다기보다 줄줄 흘린다, 호두가 떨어진다,

지붕 위로 튄다, 작은 두개골 백 개를 방망이로 탁탁

때리는 소리, 그것들이 내뿜는 초록빛의

감미로운 매캐함, 그러고는 정적, 로르카가

죽음의 수습 기간이라고 불렀던 것, 제자리에서 딱 멈춰버린

길고 파란 풍경風磬, 제정신이라면 누가 음악을

바람에 맡기겠는가, 사랑은 멈춘다, 달리 말하진

말자, 그것은 검은 연기를 칙칙 내뿜으며

난데없이 도착했다가 칠십 년대 스페인 기차처럼 비명을 지르며

떠난다, 얼른 올라타라, 보카디요²¹⁵를 먹어라, 밥 딜런 버전의

〈자기야 제발 가지 마〉²¹⁶를 연주하는, 다시는 만나지 못할

기타리스트와 함께 축축한 하모니카를 불어라, 이제 천둥, 이제

폭우, 이제 하늘에 기이하게 휘어진 빛의 띠.

111

별거 아닌 일, 무언가를, 이를테면 카멜레온을 돌보고 먹이는 일.

나는 죽은 이를 되살릴 만큼 맛있는 멜론을 아주 잘 고른다,

공식적으로 세 번이나 되살려봤다. 못: 그것을 쿵쿵 두드려 박던 소리.

운을 맞추는 것 말고는 모든 일에 서투르던 시절을 기억한다, 선생님은

오줌을 지린 일로 나의 뺨을 때렸다, 선생님은 유방암을 앓았으니 모든 게

용서된다, 이를테면 급식 시간에 아이들이 싫어하는 걸 구역질 날 때까지

억지로 먹이던 일도. 나는 선생님이 우리에게 글을 읽어주는 걸

견딜 수가 없었다, 저속 기어를 넣은 듯한 목소리. 운동장에서 나는

환각에 빠져 악마를 보았다, 내 다리 사이의 그곳만큼 작고 강력한 악마를,

천 가방의 끈을 풀어 구슬을 쏟았다, 구슬 하나하나를

태양을 향해 들고는 하나를 입안에 넣어 차가움을 맛보았다, 이제 나는

봉지 입구를 철사 끈으로 얼마나 잘 묶는지, 양말을 얼마나 잘

짝지어 두는지, 안개 낀 커다란 호수 근처 바위 위에서

사과를 얇게 썰어 남들에게 얼마나 잘 나눠주는지, 자, 받아먹으라.

나는 그녀를 분명히 볼 수가 없다. 당신은 당신 어머니가 분명히 보이는가? 나는

어머니의 몸이라는 주전자 안에서 만들어졌다. 피 웅덩이 안에서 백조처럼 헤엄쳤다.

아주 어렸을 때부터 나는 어머니를 이름으로 불렀다. 하지만 마음속으로는 늘

엄마였다. 나는 집에서 멀리 떨어져 있을 때도 엄마를 큰 소리로 불러댔다. 하이위컴[217]에서

저녁으로 먹을 복숭아 껍질을 벗기며. 그렇게 하면 안 돼, 어떤 엄한 여자가 말했다, 칼을

껍질 바로 아래로 밀어 넣어서 과육에서 벗겨내라고 가르치며. 한여름 밤에

헬파이어 케이브[218] 밖에서 오줌을 누며. 스코틀랜드의 차가운 땅 위에 친 텐트에서

잠을 자며. 너무 북쪽이라 하늘이 절대 어두워지지 않았다. 독일에서는 머그잔을

훔치다 잡혔다. 레더호젠[219]을 입은 남자가 나에게 짖어댔다. 얼굴의 핏줄이 금방이라도

터질 것만 같았다. 동물 아랫배처럼 흰 끔찍한 소시지를 억지로 먹어야 했다. 형편없는 딸기.

세고비아에서 출발한 열차에서 똥을 지렸다. 출산, 복부 절개, 차가운 방과 그곳의

의료진들 앞에 드러난 지방층과 자궁. 그리고 이제 나는 엄마의 고독에 어울리는

나만의 고독 속에 있다, 엄마가 경멸했을 모녀 커플룩 같은 두 고독. 내가 실은

비를 묘사하려 하면서 자꾸 꽃 이야기만 하고 있다는 걸 당신은 알겠는가?

잠시 또 슬퍼진다고 해서 죽는 일은 없겠지, 오늘은 슬픈 날이었지만

비극적인 날은 아니었다, 낯선 사람이 내게 고함을 질렀다, 지나가며 내뱉은

지독한 욕설, 그의 눈에 담긴 증오, 그가 총을 가지고 있었을지도 모르니

말대꾸는 하지 말았어야 했다고 이웃은 말했다, 하지만 더 이상 그런 식의 말은

들어줄 수가 없다, 그러다 결국 누군가가 뭐든 붙잡고 내 몸 어딘가에 구멍을 뻥

뚫어버린다고 해도, 그리고 엄마를 다시 본 일도 슬펐다, 나쁜 일이 있었던 것은

아니다, 그저 레드 애로 하이웨이의 그 허름한 식당에서 엄마와 만나

대충 만든 타코를 먹었을 뿐, 그곳은 깨끗한 가게다, 사람들도 친절하다,

출입구에 있는 박제된 갈색곰과 우리 둘 다 더는 젊지 않다는 사실만 빼면

슬퍼할 일이 뭐가 있겠나, 차를 몰고 집으로 돌아왔다, 점심은 너무 짧았다,

그것은 늘 너무 짧다, 이런 식의 작별에 대해 우리는 마음을 굳게 먹어야만 한다,

들판의 옥수수는 거의 끝물이었고, 올해 포도는 상태가 썩 좋지 않았다,

아들이 심은 포도나무는 열매를 맺지 않았다, 어쩌면 잠깐 쉬었거나 영원히

끝장난 거겠지, 당신도 알다시피, 세상에는 그런 게 있다, 영원히 끝장나버리는 게.

나는 내가 여전히 담배를 피웠으면 좋겠다, 어두운 바깥에 그냥
앉아 있기보다는 어두운 바깥에 앉아서 담배를 피울 수 있게. 비록
그 때문에 내가 천식을 앓긴 했어도 부모님이 담배를 피워서
다행이다. 성냥이 포효하는 소리를 듣고 부모님이 얼굴 아주 가까이에서 불을
붙이는 모습을 지켜보는 일은 그만한 가치가 있었다, 방이나 뜰 건너편에서 보면
불붙은 담배 끝이 성내며 달아오르더니 부모님의 입에서 용 같은 연기가
뿜어져 나와 허공을 기어오르곤 했다. 나는 가난해지기 일보 직전이다.
나는 어머니가 살았던 대로 살 것이다. 달러스토어²²⁰에서 산 주방 세제와
드라이어 시트와 새 모이와 연하장. 그래도 구두쇠가 되진 않을 것이다.
어머니는 빵과 물고기를 가진 예수님 같다, 늘 누군가의 손에 몇 달러를 슬쩍
쥐여주지만 절대 헌금을 하진 않는 예수님. 손에 동전을 너무 오래
쥐고 있어서 동전이 초록빛으로 변해버린 셜²²¹과는 달리. 이러니 내게는
성경이 필요 없다. 성경 속 비유담談은 현실 속에 있다,
담배 회사가 정신병원 환자들에게 나눠주던 공짜 담배처럼.

소네트는, 가난처럼, 없이도 살 수 있는 게 무엇인지 가르쳐준다.

어머니의 말대로라면, 한 손에는 소원을 쥐고

다른 손에는 똥을 쥐는 거다. 그것이 인스타매틱 카메라[222]와 아버지를

갖는 게 소원이라고 말했을 때 내가 들은 대답이었다. 한 손에는 소원을,

어머니는 말했다, 다른 손에는 똥을 쥐는 거지. 어머니는 여전히 그렇게 말한다.

'여기 와서 내가 만든 콩 수프 좀 먹었으면 좋겠다'고 내게 말하고는

스스로 대답한다. 한 손에는 소원을, 어머니는 말한다, 다른 손에는

똥을 쥐는 거지. 가난은, 소네트처럼, 훌륭한 선생님이다. 자로 손등을

탁탁 때리는 유형의 선생님, 교실에서 사전을 집어 던져

세상에 존재했던 모든 단어로 우리의 머리를 맞히는 유형의 선생님이 아니라.

상자에 넣어 깊이 파묻은 아버지들도 여전히 아버지란다, 선생님은

말한다. *정관사* 없이도 살아라. *접속사* 없이도. 베이크드 빈스에

기다란 소시지가 들어 있지 않아도. 소네트는 어머니다. 모든 단어는 일 달러

은화다. 한 손에는 똥을, 어머니는 말한다. 다른 손에는 소원을.

내가 가장 좋아하는 냄새는 나 자신의 고약한 체취다, 가장 싫어하는 냄새는

타인의 고약한 체취고, 그리고 이게 바로, 친구들이여, 우리가 멋진 것을 가질 수 없는

이유다. 나는 내가 타인에게 해주는 조언은 값지게 여기지만 내가 듣는 조언은

어차피 내가 그렇게 하려고 했던 게 아닌 한 좋아하지 않는다.

다들 그게 어떤 건지 잘 알잖나. 나는 차에서 어스 윈드 앤드 파이어의 노래를

따라 부를 때의 내 목소리를 좋아하는데, 그걸 나만큼 잘 해내는 사람은

아무도 없다, 아무도. 연기하던 시절, 나의 형편없는 연기는 매력적이었다.

그 형편없음은 나의 의도였다, 이십 세기 연극계의 상황에 대한 일종의

논평이었달까. 누구도 만나지 않아도 되는 날이면 나는 머리를 빗지 않는다,

속옷도 안 입고 신발도 안 신고 내 체취를 없애줄 화학 물약도 뿌리지 않는다,

그리고 그럴 때, 나는 거의 완벽히 행복하다. 나 같은 사람에게는, 남의 시선을

받지 않고 다니는 거야말로 호사스러운 일이다. 필연적인 질문, 지구상에

혼자 남아도 아이라이너를 사용하겠냐는 질문을 받으면, 아뇨, 절대 안 써요.

아이라이너 사용은 전쟁이다. 혼자 있을 때, 나는 내 무기를 내려놓는다.

삶이라는 게 무엇을 의미하는지 아는가? 밖으로 꺼내진 젖통,

빗속의 젖통. 시리얼 그릇 속의 젖통. 불길에 휩싸인 젖통. 한때

아름다움이었던 것이 지금은 시들어간다. 나는 봄에 아름다움이

딸랑이는 걸 본 적이 있다, 바람에 흔들리는 작은 종들처럼. 여름은

구리로 만든 징, 남은 거라곤 쥐 털밖에 없을 때까지 등나무를 지지는

열기. 겨울, 겨울엔 얼음 플루트가 있는 것 같다. 살해당한

아이들의 파란 입술이 얼음 플루트로 차가운 음을 부는 것 같다.

삶이 무엇을 위한 것인지 아는가? 신성불가침인 젖통. 쇠락한.

추위와 불면증과 자정의 어둠으로 파래진 젖통, 주저앉은 핏줄처럼

남색이 된, 이제는 아무도 잠옷을 벗겨주지 않을 노파의

강철빛 파란색으로 얼룩진 베갯잇. 나는 젊었을 때 코카인이 여러 줄로 놓인

파란 거울에 비친 내 젖통을 보았다. 심지어 그때도 그것은 나이 든

학자 같은 젖통이었다, 뭘 좀 아는 젖통이었다. 자줏빛으로 물든.

젖을 다 짜낸. 봉긋하게 처져서 늙은이의 그것처럼 느릿하게 움직이는.

둔한 자와 결혼하라. 자기 상상력에 완전히 빠져들 수 있는 자는 복잡하게 얽힌

개 같은 존재다. 그는 어떤 각도에서는 괜찮아 보일지도 모른다, 피부처럼 딱 붙은

검은 슬립을 입고 털 난 다리를 아래로 늘어뜨린 채 밝은 보랏빛 부츠를 신은 모습은,

그 부츠는 지금은 망해서 사라진 창고형 점포에서 팔린 후 신발 밑창이 닳아빠진 채 기부된

다음 세인트 빈센트 드 폴에서 파면된 수녀가 등을 돌린 채 재판매할 브래지어를 훈증 소독하는

사이에 도둑맞은—도둑맞은—물건이다. 그런 자와 결혼하지 마라. 그의 부츠는 소리만 요란하다.

그는 레인 해트[223]도 빌려주지 않을 것이다. 송아지 한 마리도 입양하지 못할 테고.

나는 세 살 때 읽는 법을 배웠다. 변기 플런저로 개미구멍에서 개미를 빨아냈다. 한 인형은

춤을 췄고, 다른 인형은 방언을 했다. 나한테 대체 뭘 바라는가? 나를 보석처럼 돌려보면

보석을 끝까지 관통하는 결함을 발견하게 될 것이다, 물고기와 새와 실제 인간을 포함해

이전에 있던 모든 걸 망쳐버리는 배부른 식민지 개척자들을 불러들이는 고동치는 금맥 같은

결함을. 그런 자와 결혼하지 마라. 절반의 상상력만 가진 자를 선택하라. 절반 혹은

사분의 일. 자신의 유골에 대한 미켈의 지시처럼: 사분의 일은 어머니에게. 사분의 일은

나에게. 나는 따르지 않았다, 그 가짜 상자를 갈라서 그의 온 존재를 자유로이 풀어주었다.

요즘에는 시가 섹스처럼 느껴진다. 이따금 시가 당기긴 하지만 그 기분은

끝내 활짝 피어오르지 않는다. 그것을 생각하기만 해도 속이 좀 메스껍다.

준비 과정, 진입, 뒤처리. 마티니를 만들 듯이 은유를 섞는 일, 혹은 은유가 전혀

들어가지 않은 독주 만들기. 잘 다루어야 하는 커다란 자지처럼 성가신 *나*.

*우리는 아이스크림을 사 먹을 거야, 고양이를 들일 거야*라고 할 때의 *우리*.

어떻게 *우리*가 그런 생각을 할 수 있나? 그것은 뇌간을 통해 이루어지는 일인가?

내가 끝내 통달하지 못한 예술. 나는 플라스의 무덤 위에서 테드 휴스[224]와 섹스하고

그 일을 글로 쓰겠다는 사람들을 만나본 적이 있다. *나 역시 그의 뺨을 깨물었다.*

뭐 그런 쓰레기 같은 짓. 그래, 나 역시 그런 사람이었던 적이 있다. 나도 가끔은

말하고 싶다. 오래전에. *이제는 나아졌다.* 실은 그냥 더 피곤해졌을 뿐이지만. 어떤 남자,

그의 이름을 딜레이니라고 해두자, 내가 헤어지자고 했을 때 그는 *이제 재미 좀 봤다*

이거지 하고 말한 적이 있다, 눈에 어린 살기. 나는 하늘의 천사를 모두 불러내어 그를

문밖으로 쫓아내려 했다, 그리하여 문에 빗장을 지르고 그를 내게서 씻어낼 수 있게.

내 목으로 뻗어오는 그의 커다란 손. 내가 했던 기도. 그건 섹스이자 시였다.

메리앤 무어의 그 시, 오래전인 1932년에 《포에트리》에 발표된 〈어떤 백조도

그렇게 훌륭하진 않다〉[225]를 엘리스가 언급한 이후로, 음 그녀에게 그 시를 보여준,

혹은 그 시를 그녀에게 보여준 사람은 요하네스였고, 그러고서 그녀가 그 시를 내게

보여주었다, 시가 어떻게 작동하는지 다들 알잖나, 그것은 매독 같다, 요즘

늘고 있는, 어쨌든 정말 장엄하고 이상한 시 〈어떤 백조도 그렇게 훌륭하진

않다〉를 엘리스가 언급한 이후로, 나는 그게 여자 월리스 스티븐스[226]가 쓴 시

같다고 말했다, 그리고 이제 나는 스티븐스가 본의 아니게 코르셋 안에 들어가

아기처럼 아랫입술을 쑥 내밀고 있지만 그 간결함을, 절제라는 본능적 감정을 점점 더

즐기고 있다고 생각한다, 〈어떤 백조도 그렇게 훌륭하진 않다〉를 읽은 이후로, 불과

몇 시간 전부터, 나는 메리앤 무어가 미주리주 세인트루이스나 그 근처에서 태어났다는

생각을 멈출 수가 없다, 나는 곧 그곳에 갈 것이다, 나의 개와 함께, 내가 임대한 집에는

침실이 세 개 있을 것이다, 나는 내 방이라고 부르기로 한 침실의 사분의 일만 사용할

것이기에 그 방의 나머지 사분의 삼과 침실 두 개를 어떻게 해야 좋을지 모르겠다, 나는

잠이 매우 적은 편이고, 잘 때도 삼각모를 쓴 나이 든 메리언 무어의 사진처럼 고요하다.

나의 사적인 부분[227]은 여럿이다, 나의 치아는 사적이다, 세속과 격리된

바다에서 까닥거리는 뇌의 부표인 나의 혀도, 내 눈의 유리체 박리 현상[228]도,

눈 안에서 막이 찢어질 때 치지직 소리를 내던 번갯불, 나는 K마트에서 각각

사적인 약실藥室 안에 들어 있는 여성 위생용품 진열대 사이를 어슬렁거리고

있었다, 그때 내 눈앞에서 까마귀 떼가 날아오르더니 그러고는 내려앉을

나뭇가지를 하나도 찾지 못했다, 까마귀 떼의 사적인 목소리, 내 후두喉頭의

축축하고 은밀한 뚜껑이 열리면 보석함 속 발레리나가 나타나서 나의 선율을

빙글빙글 돌린다, 그녀의 거즈 치마 아래에 있는 것도 사적이다, 내 바짓가랑이에

난 구멍도, 요가 선생님의 매끈한 레깅스 가랑이에 있던 핏자국에 대한 나의

기억도 사적이다, 나의 내장도, 마치 어떤 메스가 나를 뚫고 들어올 수 있기라도

하듯, 어떤 엑스레이가 나의 골절을 빛나게 할 수 있기라도 하듯, 내 첫사랑은

더러운 양말로 내 눈물을 닦아준, 자라서 소방관이 되어 지붕을 뚫고 추락한

풋볼 선수가 아니었다, 내 첫사랑은 남근상을 닮은 싸구려 향수, 쇼핑몰에서 산

작고 검은 향수병, '팜므파탈'이라는 이름의 은밀한 남근상이었다.

그 당시에 그것[229]의 머리는 클레오파트라 머리 같았지만 점점 마녀 같아졌고, 그것이

사무실 아가씨였던 그 당시에 그것은 나무 책상 위에 다리를 턱 올린 채 담배를 피우며

메모를 타이핑하곤 했다, 수염을 당기며 담배 한 대만 빌릴 수 있겠느냐고 묻는 교수들을

위해, 그것은 보기 좋게 통통했다, 그것은 아이라인을 그렸다, 그것의 머리색은

헤나 블루, 일종의 헤론 블루[230]였다, 그때 그것의 통통함은 보기 좋았다, 조금 헝클어지고

조금 부드러웠다, 하지만 곧 통제를 벗어나 완전히 커졌다가 더 커지더니 거대해져버렸다,

임신과 향정신성 의약품, 음식이란 건 몸을 그렇게 만든다, 그것은 '퀸 루Queen Lou'처럼

거리를 걸어간다, 하찮은 반지 아래서 푸르게 변한 손가락, 머리에서 빠져나온 핀, 그때

그것은 아기 목소리를 가지고 있었다, 심지어 그것이 섹스할 때의 목소리에는 배아胚芽의

기미가 섞여 있었다, 이제 그것의 목소리는 끔찍한 충돌음 같다, 도로의 커브를 너무

빠르게 돈 차, 창문을 내린 채, 경찰이 오기 전 늪지 가장자리 잔해 속에 거꾸로 처박혀 죽은

허세 부리던 아이, 기름칠도 안 해 계속 헛돌며 자신의 녹슨 몸을 노래하는 바퀴,

라디오에서 흘러나오는, 섹스와 임종의 숨소리처럼 들리는 〈서머타임〉, 드럼 건조기

안에서 달그락거리는 쫓니 같은 목소리, 개 같은 년의 불타는 일기, 엿듣는 건 개구리뿐.

내가 마녀라고 말하면 기분이 전반적으로 좀 나아진다, 일종의

갈고리에서 벗어나는 느낌, 낚싯바늘이 아니라 고기를 매다는

갈고리에서, 절망에서, 내 머리의 초록빛 색조에서, 내가 키우고

요리해서 부적절한 시기에 한입 가득 먹는 초록빛 채소에서, 과거에

그 한입들로 먹어 치웠던 나의 삶, 나는 나의 삶을 한입 가득 씁쓸히

먹어 치웠던가? 이야기는 그것을 그렇게 보이게 만들지만 실제로

나는 발을 좀 질질 끌었다.[231] 나중에 더 나은, 더 쓴 무엇이 되라고

단지에 담아놓은 핏빛 루바브 콩포트[232]처럼 나 자신을 보존하며,

그리고 나는 지금 늘 나중 속에서 되돌아본다, 내가 보낸 낮들의 허술함과

내가 보낸 밤들의 붉음을, 내장 같은 붉음, 카노푸스의 단지[233]에 담긴

장기처럼 내 두개골 속에 보관된 붉음, 세상에, 식초, 소금물, 내가 보낸

시간의 가짜 감미로움, 나는 늘 그것을 키우는 것보다 먹는 데 더

능했던가, 철자에 맞게 쓰는 것보다 주문을 거는 데, 마녀로 사는 것보다

마녀를 묘사하는 데, 삶을 사는 것보다 그것을 이야기하는 데?

사십 년 동안의 강제 절연 이후 금빛 호텔 로비에 소울메이트가 나타난다

가벼운 기침을 달고 사는 그녀는 초췌하다 아이라인을 그리지 않으면

그녀의 눈은 두개골 속으로 사라져버린다 우리는 대릴 홀과 존 오츠[234]처럼 입고

파티에 잠깐 모습을 드러내곤 했다 혹은 보위와 리즈 테일러[235]처럼 입고

그녀에게는 성질 더러운 개가 있었는데 그 개는 《악몽의 책》[236]에서

골웨이 키넬의 사인 페이지를 뜯어 먹었다 내 말은 그게 골웨이 키넬이 나에게

사인해준 책이었다는 말이다 그는 '다이앤과 그녀의 시를 위해' 같은 어떤

겉치레 문구를 썼다 에더리지 나이트[237]는 '시스터 다이앤과 그녀의 시를 위해'

라고 썼다 그래도 그건 어느 정도 실속이 있다 어느 정도 달콤함이 있다

소울메이트의 머리는 분홍색이고 그녀의 발톱은 날카롭다 그녀도 나처럼

꺼져버린 성욕이라는 축복을 받았다 들어봐 사십 년 동안의 빌어먹을

강제 절연 끝에 그녀가 말한다 내가 말리부에서 누구를 봤게

유명하고 머리가 큰 남자야 그러자 나는 생각하고 자시고 할 것도

없이 '톰 웨이츠'[238]라고 말하고 소울메이트는 '빙고'라고 말한다.

나에게 그것은 어떤 단순한 일이 될 것이다, 카일리 제너[239]가 핼러윈에

딸 스토미를 카일리 제너로 분장시키는 일처럼. 혹은 어떤 여자가 발랄한 성격을

가졌었다고 말해지는 걸 듣는 일처럼, 마치 그 발랄함이 살인을 막아주기라도

했어야 했다는 듯이. 나는 아이슬란드로 이주하고 싶지만 아이슬란드는 나를 받아주지

않을 것이다. 실은 텅 빔과 의료 보장 제도가 있는 곳이라면 어디든 좋다. 내가

바라는 건 이끼 지붕을 얹은 오두막뿐이지만 이 지구에서 고통받는 사람들 가운데

이끼 지붕을 얹은 오두막을 통째로 독차지한 사람이 몇이나 되겠나. 힘든 일들이

다가온다. 뭔지 다들 알잖나. 독립생활, 생활 지원, 기억력 저하 치료, 숙련 간호 등

화장터로 가는 길을 감싸주는 것들, 우리는 모두 그것들에 직면한다, 물론 부자라면

좀 더 쉽다고 듣긴 했지만. 플린트에서 자란 데이먼, 그는 묘지에서 현장 실습을

하고 있었다, 유골 위로 커다란 자석을 흔들어서 금속을 빼내던 사람, 그는

결국 유골함에 들어가는 건 우리 자신과 지금껏 태어난 모두의 집적체라고 말했다.

죽음은 일등석이 없는 비행기와도 같다. 죽음의 민주주의. 나는 데이먼에게서

많은 것을 배웠지만 화장할 돈이 없는 시신이 어떻게 되는지는 듣지 못했다.

나는 그녀에게 구애했다, 그 사향 냄새 풍기는 음탕한 여자, 황혼의 화신, 현란한 문장과 황색

저널리즘의 그녀, 고갱의 그리스도[240] 색깔 발톱, 초록색이 살짝 섞인 오줌 같은 노란색, 크산토[241]

어쩌고 하는 말에서 푸코잔틴[242]이 빠진, 그러니까 황록색. 가난한 사람의 치아 같은, 술고래의

손발톱 같은 색, 내게로 와, 나는 말했다, 지독한 생리 이틀째 같은 그녀의 입, 그녀는 그 나무 지팡이

없이는 스툴에서 거의 일어나지도 못한다, 누군가가 시비를 걸 경우를 대비해 손잡이 끝에 단도를

달아놓은 그 지팡이, 하지만 모세처럼 생긴 내 사촌이 에타 제임스[243]에 대해 한 말을 인용하자면,

"그녀는 늙었고, 뚱뚱하고, 역겹고, 비열하고, 내가 본 사람 가운데 제일 섹시하다", 우리 집

문 앞에 나타난 이 소녀처럼, 그녀는 문을 두드렸고 나는 문을 열었고 그녀는 누더기 차림으로 그냥

거기 서서 나를 응시하며 코를 후볐다, 내가 스스로 부끄러워해야 하는 사람이라도 되는 것처럼

나를 훑어보며 평가했다, 그녀에게는 주장하고 싶은 바가 있었던 것 같다, 그로테스크함에 대한

무언가, 몸에 비해 머리가 너무 작고 나중에 경찰이 되었다가 다시 목사가 된 캐런은 말했다,

내가 벨벳 언더그라운드의 그 노래 〈팜므파탈〉[244]을 그대로 구현했다고, "가짜 색깔 눈"까지

포함해서, 글쎄 하지만 이제 거의 '팜므'도 아니고 일부에게만 '파탈'하다, 나는 신장이 아프다,

나는 괴사한 화상 상처를 스스로 제거했다, 한때 욕망했다가 이제는 나 자신이 되어버린 그 외로움을.

내 젖퉁은 멍들었다, 거친 연인과 뒹굴기라도 했던 것처럼, 하지만 나는

그런 적이 없다, 적어도 오늘은, 나는 한때 어떤 누군가를 다정하게 길들인

적이 있는데 알고 보니 나는 다정함을 혐오하는 사람이었고, 그래서 붉고

단단한 서양배를 하나 샀다, 재현용 십자가에 못을 박을 수 있을 만큼

단단한, 그리고 나는 그 단단한, 그러니까 발기한 자지처럼 단단한 그 배를

올려놓았다, 붉은 창턱에, 익어서 익숙한 사향을 내뿜기 시작할 때까지 홀로

내버려두었다, 배는 차라리 '나를 먹어'라고 말하거나 소프라노 음성으로 노래해도

좋았을 것이다, 하지만 배가 자기 과육에 내 이가 박히길 원할수록 나는 배를

더 피했고, 나는 배에 대한 존경심을 완전히 잃은 상태였다, 익어가는 자두가

영원함이 비논리적이라는 사실에 대한 증거로 등장하는 그 시처럼, 아무렴

비논리적이다마다, 그리고 마침내 그냥 한번 먹어보기로 결정했을 무렵, 배에는

심각할 만큼 초파리가 꼬여 있었다, 분명 내 탓이었건만 나는 배를 비난했다,

우리 다 같이 배를 비난하자, 이것은 은유가 아니라 우화다, 그 교훈은 시간만큼이나

오래된 것: 나는 이 멍이 걱정된다, 그리고 내가 죽을 때 누가 나를 안아줄 것인가?

그 일이 일어날 때 이렇게 말할 시간이 있었으면 좋겠다 오 그러니까 이런 식이로군 파이어 아일랜드에서

지프에 치인 프랭크의 경우와는 달리 하지만 아버지의 경우와도 달리 아버지는 젊은 시절에도 육 년이라는

빌어먹을 만큼 긴 세월 동안 그 일이 일어날 것을 알고 있었다 다정한 성격이 냉소적으로 변해버릴 만큼

나는 이렇게 말할 충분한 시간이 있었으면 좋겠다 오 그러니까 이런 식으로 가는 거로군 그리고 그 마지막

라임을 비웃었으면 좋겠다 나는 가끔 라임을 맞추었으니까 예쁜 무언가를 만들고 싶어서 특히 미켈을 위해

예쁜 것들 부드럽고 작은 것들을 좋아하던 미켈 내가 다쳤을 때 흰 수건에 얼굴을 묻고 울던 미켈

그 일이 일어날 때 나는 두려워하고 싶지 않다 나는 궁금해하고 싶다 미켈은 궁금해했을까

안타깝게도 그 무렵 그는 슬퍼하기만 했던 것 같다 돈이 다 떨어져서 덜 익은 오렌지만 먹고 살았다

친구들에게 전부 작별의 키스를 한 후였다 나는 프랭크의 입술에 키스한 입술에 키스했다 비록

기꺼이 한 키스는 아니었지만 나는 임종한 하워드의 입술에 키스한 입술에 기꺼이 키스했다 나는

바스키아의 입술에 키스한 입술에 키스한 입술에 흔쾌히 키스했다 나는 휘트먼의 입술에 키스한

입술에 키스한 입술에 키스한 입술에 키스했다고 말한 남자를 안다 그럼 나에 대해서는

누가 그녀에게 키스했다고 말해줄 것인가 누가 나는 그녀에게 키스한 누군가에게 키스했다고

혹은 나는 그녀에게 키스한 누군가에게 키스한 누군가에게 키스한 누군가에게 키스했다고 말해줄 것인가.

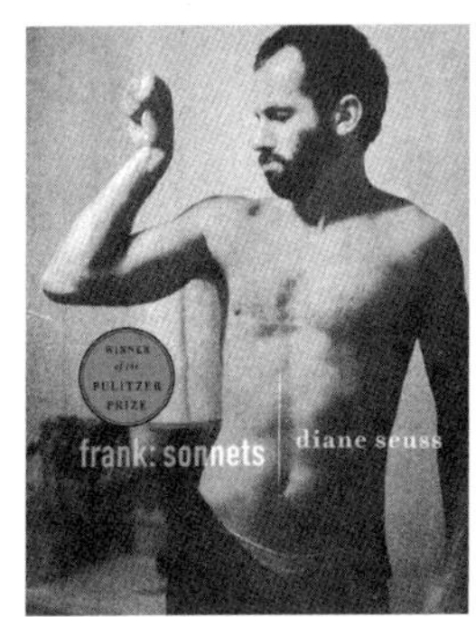

표지 사진에 등장하는 인물은 이 책의 중심인물인 미켈 린지로, 그의 친구이자 연인인 앨런 마르티네즈가 1980년대 초에 찍은 것이다. 앨런은 이렇게 썼다: "확신할 수는 없지만, 우리는 LA의 카후엔가 대로에서 떨어진 싸구려 모텔 방에서 장난을 치고 있었던 것 같아. 기억하기 힘든데, 아마도 에이즈 치료제라는 소문이 돌던 어떤 약을 구하러 우리가 티후아나로 여행을 떠났을 때였을 거야. 우리는, 나는 기억나지 않지만, 디즈니랜드에도 갔고, 말리부 근처의 주마 비치에도 갔지. 물론 바다는 미켈을 불안하게 만들었어. 우리의 친구 조는 사진 속 여행을 다르게 기억해. 그는 그게 아마 우리가 무리를 지어 산타 마리아 엘크스 로데오 퍼레이드를 구경하러 내 고향을 방문한 후였을 거라고 말해. 그렇다면 사진이 찍힌 시기는 아마도 에이즈 발병 직전인 1981년이나 1982년이라는 말이 되지. 하지만 나는 사진을 찍었던 건 똑똑히 기억해. 우리는 그냥 익살을 떨고 있었고 그는 얼빠진 포즈를 취했지. 딱 봐도 일부러 얼빠진 포즈를 취하는 모습이잖아. 내 생각에 그가 그 사진을 사용하도록 허락했을 사람은 아마 이 세상에 너뿐일 거야. 아마 그는 '그래, 걔가 원하면 사용하라고 해'라고 말했을 거야."

캔디 달링의 제사題詞는 그녀의 책《캔디 달링: 슈퍼스타 앤디 워홀 회상록Candy Darling: Memoirs of an Andy Warhol Superstar》에서 가져왔다.

제사 "숙녀는 난데, 남자인 네가 더 숙녀 같네Feel like a lady, and you my lady boy"
는 에이미 와인하우스의 첫 앨범 〈프랭크Frank〉에 수록된 노래 〈Stronger
Then Me(나보다 강해야 해)〉에서 가져왔다.

일레인 드 쿠닝의 제사는 채드 베넷Chad Bennett의 《구전: 가십과 미국 시Word
of Mouth: Gossip and American Poetry》에서 가져왔다.

〈라벨의 현악 사중주 F장조를 들으면 어떤 기분이〉〈커트 로데가 비올라로
연주한 '서머타임'을 들으며〉〈애정이 없는 어떤 우아함의 상태가 있다〉는 작
곡가 커트 로데와 대화 및 서신을 주고받다가 쓰인 것이다. 〈나는 영화 쪽에
서 일했어야 했다〉의 마지막 두 행 또한 커트와 캘리포니아 주립대학교 UC
데이비스의 학생 음악가와 나눈 대화에서 나왔다.

〈뉴욕에서 보낸 첫날밤〉의 인용문은 롤랑 바르트의 《사랑의 단상A Lover's
Discourse: Fragments》에서 가져왔다.

〈프리랜서 예술가. 누군가가 물으면 우리는 그렇게 대답한다〉는 딜런 수스-
브레이크먼이 쓴 것이고 그의 동의하에 여기 수록했다.

〈그럴 때면 최대한 서둘러 바다로 떠나야 할 시간이 되었다는〉에서 〈예수님
이 실제로 태어난 날이 언제라고 생각해〉에 이르는 일곱 편의 시는 내 아들
딜런과 대화를 나누다 쓴 시들이다. 많은 문장이 그의 말을 그대로 옮긴 것
이고 그의 동의하에 수록했다.

〈그러다가 어른이 되자 나도〉에 등장하는 가사는 로웰 조지가 쓴 리틀 피트
의 노래 〈윌링Willin'〉에서 가져온 것으로, 〈윌링〉은 리틀 피트의 첫 정규 앨범
《리틀 피트Little Feat》에 수록되어 있다. 이 시에서 지어낸 가사는 딜런 수스-
브레이크먼이 쓴 것이다.

〈그는 말했다 자지가 더는 말을 듣지 않아서 몹시 불쾌하다고〉에 인용한 "우리가 한 모든 일의 카리스마적 기획자"와 〈시에서 죽음이란 존재하지 않는다〉에 인용한 "무수히 느껴지고 대개 경멸당하는 이 모든 꼴사나운 현실을 통과하며"는 모두 앨런 마르티네즈의 미발표 시에서 가져온 것이고 그의 동의하에 수록했다.

〈아름다움의 본성에 대한 갑작스러운 구절들〉에 인용한 키츠의 패니 브론에 대한 묘사 "─그녀의 팔은 훌륭한데, 손은 좀 별로야"는 키츠가 1818년 12월 16일에 동생 조지에게 쓴 편지에서 가져온 것이다.

〈최근의 내 문학적 취향은 조증에 가깝다〉에 인용한 "사냥하다 죽은 기술자 글리예보프의 아내가 그곳에 있었다. 그녀는 노래를 아주 많이 불렀다"는 S. S. 코텔리안스키와 레너드 울프가 옮긴 《안톤 체호프의 노트Note-Book of Anton Chekhov》에서 가져온 것이다.

〈그리하여 그곳에는 풍경밖에 없었다〉에서 언급한 '딕스Dick's'는 뉴멕시코주 라스베이거스에 있다.

〈미니멀리즘에 이르려면 시간이 걸린다〉에서 언급한 생각은 그레고리 오어 Gregory Orr의 책 《생존으로서의 시Poetry as Survival》에 실린 에세이 〈두 개의 생존The Two Survivals〉을 읽다가 떠올린 것이다.

감사의 말

'아카데미 오브 아메리칸 포에츠Academy of American Poets'의 《포엠–어–데이 Poem-a-Day》—〈라벨의 현악 사중주 F장조를 들으면 어떤 기분이〉〈몸을 망가 뜨리는 힘이 있다〉〈모든 게 불완전하게 느껴진다. 모든 것에 대한 내 사랑은〉.

《디 어카운트The Account》—〈오늘은 산맥이 검다〉〈이 모든 게 환영이거나 내 가 환영이거나〉〈이십육 일 동안 나는 식기 세척기가 있는 아파트에서 살았 다〉〈그것은 끔찍하다, 손길로 충족시킬 수 없고〉〈그리하여 그곳에는 풍경밖 에 없었다〉.

《디 어드로이트 저널The Adroit Journal》—〈나는 영화 쪽에서 일했어야 했 다〉〈낯선 이들 사이의 파티, 펑크족, 가죽 모자와 스트랩 복장〉.

《디 아메리칸 포에트리 리뷰The American Poetry Review》—〈나의 가장 어릴 적 기억은〉〈꼬리표는 이제 내게서 스르륵 떨어진다〉〈아름다움의 본성에 대한 갑작스러운 구절들〉〈우리 모두에게는 트라우마가 가장 깊이 각인된 밑바닥 이 있다〉〈골든로드야, 있잖아, 나는 말할 수 있어〉〈그 일이 일어날 때〉.

《BOATT》—〈어쩌면 우리는 소리 없는 대기실을 배회하고〉.

《브레버티Brevity》—〈나는 그들을 번쩍 들어 올렸다, 두 명의 마약 판매상〉.

《버즈피드BuzzFeed》—〈유명한 시인들이 우리를 찾아왔다〉.

《코트 그린Court Green》—〈뉴욕에서 보낸 첫날밤〉〈내 젖퉁은 멍들었다〉〈어떤 색깔에 대한 꿈을 꾸었다, 줄거리는 없다, 색깔뿐〉〈나는 그럴 수 있다. 나는 바닷속으로 걸어 들어갈 수 있다〉〈나는 다시 마약을 원한다; 변덕〉〈나는 그가 어떻게 생겼었는지에 초점을 맞추고 싶다〉〈그는 말했다 자지가 더는 말을 듣지 않아서 몹시 불쾌하다고〉〈시에서 죽음이란 존재하지 않는다〉〈큐팁 두 개로 작은 새를 쓰다듬는 사람이 나오는 짧은 영화를〉〈소네트는, 가난처럼〉.

《크레이지호스Crazyhorse》―〈그 고층 건물이 있기 전에 '화이트 래빗'이 있었다〉〈분만하는 암퇘지의 뚱뚱한 고통〉〈예수 캠프의 장로님이 죽었다〉.

《게 스 트: 저널 오브 게스트 에디터스G U E S T: A Journal of Guest Editors》―〈삼 십구 년 전은 아무것도 아니다〉〈요즘에는 시가 섹스처럼 느껴진다〉.

《게스트하우스Guesthouse》―〈나는 '군중 속의 얼굴'(1957)을 보고 있다〉〈나는 쉴 수가 없다, 플립 북의 페이지처럼〉.

《걸프 코스트Gulf Coast》―〈당신은 어쩜 그렇게 도덕적일 수 있나〉〈실수로 개의 서복손을 과다 복용했다〉〈둔한 자와 결혼하라〉〈삶이라는 게 무엇을 의미하는지 아는가〉〈그 당시에 그것의 머리는 클레오파트라 머리 같았지만〉〈그가 샌프란시스코에서 전화했다〉.

《더 케넌 리뷰The Kenyon Review》―〈차를 몰고 케이프 디스어포인트먼트까지 갔지만〉〈"반짝일 필요는 없어요"〉〈나는 딸 둘을 낙태했다〉〈천국에서 돌아오는 것을〉〈가장 좋은 것은 당신이 오직〉〈시, 유일한 아버지, 풍경〉〈나는 처음부터 죽음과 함께 살아왔다〉〈내 것이라 부르고 싶은 이 벤치에 앉아서〉.

《더 미주리 리뷰The Missouri Review》―〈미니멀리즘에 이르려면 시간이 걸린다〉〈한때, 나는 그레이하운드 버스를 타고〉〈내가 처음으로 홀딱 반한 사람은 와일드 빌 히콕이었다〉〈구혼자들이 젊은 과부를 내리 덮쳤을 때〉〈나는 그녀를 분명히 볼 수가 없다〉〈펑크 록이 전염병처럼 유행하던 시절에도〉〈엘비스 최고의 노래가 뭐라고 생각해〉〈그럴 때면 최대한 서둘러 바다로 떠나야 할 시간이 되었다는〉.

《더 뉴요커The New Yorker》─〈나는 여러 곳에서 잠을 자왔다〉.

《온 더 시월On the Seawall》─〈지금 내가 사는 도시에서 내가 고향이라 부르는〉〈애정이 없는 어떤 우아함의 상태가 있다〉〈최근의 내 문학적 취향은 조증에 가깝다〉.

《플라우셰어스Ploughshares》─〈내가 마녀라고 말하면〉〈모든 삶에는 우리가 거의 통제할 수 없는 반복적 테마가〉〈달콤함의 문제는 죽음에 있다〉.

《플룸Plume》─〈친밀함은 나를 어지러이 흐트러뜨렸다〉〈나는 남자를 죽어가는 남자를 만났고〉〈뿌리 덮개 광고가 쏟아지는 봄이다〉〈새로 생겨나는 자아는 사랑하는 자아가 아니다〉〈오늘 세상은 축축하다〉〈기이한 사건은 일어나기 마련이지〉〈별거 아닌 일, 무언가를, 이를테면 카멜레온을〉〈진해정을 너무 많이 먹어서〉〈이제 모든 것은 한때의 사랑을 떠올려준다〉.

《쿼터리 웨스트Quarterly West》─〈몇 년 동안 나는 베이브의 집 지하실에 있는〉〈나는 커다란 아이는 아니었다〉〈내가 쓴 책 혹은 시 혹은 페이지에 열정적으로〉.

《더 럼퍼스The Rumpus》─〈그는 우리에게 왔다 우리와 함께 여기까지 내려왔다〉〈그 술집, 월드 오브 더 새티스파잉 플레이스〉〈나의 사적인 부분은 여럿이다〉〈내가 가장 좋아하는 냄새는 나 자신의 고약한 체취다〉.

《스카운드럴 타임Scoundrel Time》─〈나는 내가 여전히 담배를 피웠으면 좋겠다〉〈그래, 나는 그들을 모두 봤다, 봤다, 몇몇은 만났다〉〈마거릿 생어 센터에서 첫 번째 시술을 했지〉.

《셰넌도어Shenandoah》―〈내가 마녀라고 말하면〉〈모든 삶에는 우리가 거의 통제할 수 없는 반복적 테마가〉〈달콤함의 문제는 죽음에 있다〉.

《스포클릿Sporklet》―〈나에게 그것은 어떤 단순한〉〈문학은 위험한 사업이다〉.

《버지니아 쿼터리 리뷰Virginia Quarterly Review》―〈돼지와 새끼 양과 토끼를 경매로〉〈또다시 그 꿈을 꾸었다, 우리는 아빠의 시신을〉〈올해의 새끼 양은 멍청하다〉〈나를 이 기분에서 벗어나게 해줄 마약은 어디에 있나〉〈나는 비탈에서 굴렀다, 목말뼈, 정강이뼈〉.

《왁스윙 리터레리 저널Waxwing Literary Journal》―〈이곳 끄트머리에서〉〈때로 나는 느낄 수가 없다〉〈이 해변을 한쪽 발로 누르면〉〈나는 그녀에게 구애했다, 그 사향 냄새 풍기는 음탕한 여자〉〈이 삶을 어떻게 떠날 것인가, 직장을 떠났을 때처럼〉〈예수님이 실제로 태어난 날이 언제라고 생각해〉〈나는 떠다녔다 날았다 지구로 떨어졌다〉.

《웨스트 브랜치West Branch》―〈접시 하나, 숟가락 하나, 포크 하나, 무딘 나이프 하나를〉〈갑자기 데이비드가 긴장증 상태에 빠졌다〉〈사십 년 동안의 강제 절연 이후〉.

다음 분들께 진심으로 감사드린다:

시간과 공간과 협력과 커뮤니티를 제공해준 윌라파 베이 에어Willapa Bay AIR.

그레이울프 프레스: 대표 출판인 피오나 매크레이, 편집장 제프 쇼츠, 편집자와 제작자 찬츠 에롤린과 전 직원.

절친한 친구들: 애런 콜먼, 켈리 크레시오-밀러, 저스틴 댄지, 패트릭 도널리,

게일 그리핀, 리즈 헨더슨, 콘래드 힐베리, 제인 힐베리, 엘리스 하우체크, 제인 허프먼, 캐런 콘블럼, 타라 라보비츠, 대니얼 멘조, 게이브 몬테산티, 팸 폴리, 데이브 포스더, 에런 스미스, 게일 론스키.

나의 가족: 나의 언니 데브 듀, 형부 듀이, 조카 레이철, 에밀리, 케이티, 나의 아들 딜런, 나의 어머니 노마 수스와 아버지 로버트 수스.

공저자 앨런 마르티네즈, 커트 로데, 딜런 수스-브레이크먼에게 특별한 감사와 사랑을.

그리고 미켈 린지—"나는 지금보다 더 빨라지고 싶지도/ 푸르러지고 싶지도 않을 거야 네가 나와 함께 있다면 오 너는/ 내 인생에서 최고였어"—프랭크 오하라, 〈동물들Animals〉.

1 미국 트랜스젠더 배우 캔디 달링Candy Darling(1944~1974).

2 에이미 와인하우스Amy Winehouse의 노래 〈나보다 강해야 해Strogner than me〉의 후렴구 "Feel like a lady, and you my lady boy".

3 미국 작가, 시인, 미술 평론가로 뉴욕파 시인의 대표적 일원이기도 했던 프랭크 오하라Frank O'Hara(1926~1966). 1966년 파이어 아일랜드에서 지프에 치여 급작스럽게 사망했다.

4 미국 표현추상주의 화가 일레인 드 쿠닝Elaine de Kooning(1918~1989).

5 태평양 연안 북서부에 있는 곳. 미국에서 안개가 가장 많이 끼는 곳으로 유명하다. 디스어포인트먼트disappointment는 '실망' '실망스러운 것'을 뜻한다.

6 1940~50년대 뉴욕을 중심으로 활동한 추상미술 작가와 시인 들의 유파.

7 미국 화가, 조각가, 음악가로 프랭크 오하라의 친구였다. 오하라는 〈MoMa에서 래리 리버스의 '델라웨어강을 가로지르는 워싱턴'을 보며On Seeing Larry Rivers' Washington Crossing the Delaware at the Museum of Modern Art〉라는 시를 쓰기도 했다.

8 drop. '낙하'와 '추락'을 동시에 의미한다.

9 fudge. 설탕, 버터, 우유, 초콜릿으로 만든 물렁물렁한 사탕.

10 기원전 2세기 그리스 모자이크 예술가 페르가몬의 소수스Sosos of Pergamon(연대 미상).

11 ogre. 유럽 민담과 동화에 등장하는 식인 괴물.

12 enchanteur. '매혹적인' '마법사' 등을 뜻하는 프랑스어.

13 zauberhaft. '매혹적인' '마술의' 등을 뜻하는 독일어.

14 narrow bed. '무덤'을 뜻하기도 한다.

15 미국 시인 에밀리 디킨슨Emily Dickinson(1830~1886).

16 에밀리 디킨슨이 친구에게 편지로 보낸 블랙 케이크black cake 레시피를 가리킨다. 블랙 케이크는 보통 럼을 넣기에 '럼 케이크'로 불리지만, 디킨슨의 레시피에는 럼 대신 브랜디를 넣으라고 되어 있다. 디킨슨은 판독하기 어려운 필체로도 유명하다.

17 church fan. 에어컨 설비를 갖추지 않았던 미국 교회에서 신도들이 사용한 부채를 가리키는 말.

18   mesoglea. 자포동물의 표피와 위피 사이에 있는 젤라틴질의 부드러운 조직.

19   미국 가수 제프 버클리Jeff Buckley(1966~1997)는 강에서 수영하다 인근에서 항해하던 예인선에 휩쓸려 익사했다.

20   미국 배우 캐럴 웨인Carol Wayne(1942~1985)은 〈조니 카슨의 투나잇 쇼The Tonight Show Starring Johnny Carson〉에 '마티니 레이디'로 출연한 것으로 유명하다. 휴가 중 동행과 말다툼한 후 해변으로 산책을 나갔다가 사흘 뒤 시신으로 발견되었다.

21   미국 록 밴드 '비치 보이스The Beach Boys'의 멤버였던 데니스 윌슨Dennis Wilson(1944~1983).

22   미국 시인 하트 크레인Hart Crane(1899~1932)은 쿠바에서 뉴욕으로 돌아가는 증기선에서 뛰어내려 죽었다.

23   다이앤 수스의 아들 딜런Dylan은 한때 헤로인 중독자였다.

24   미국 시인 엘리자베스 비숍Elizabeth Bishop(1911~1979).

25   미국 시인 메리앤 무어Marianne Moore(1887~1972).

26   adorable. 프랑스 철학자이자 비평가 롤랑 바르트Roland Barthes(1915~1980)의 《사랑의 단상A Lover's Discourse: Fragments》에 등장하는 표현이다.

27   Nahcotta. 미국 워싱턴주 퍼시픽카운티에 있는 자치구.

28   조개에 감자와 양파 등을 넣고 끓인 걸쭉한 수프.

29   milkweed. 유액을 분비하는 식물.

30   강세가 없는 음절과 강세가 있는 음절로 구성된 2음절짜리 '음보' 다섯 개가 한 행을 이루는 영시의 대표적 형식.

31   다이앤 수스의 아들 딜런의 애칭.

32   grand ole opry. 1925년 시작한 미국 라디오 채널 WSM의 컨트리 음악 생방송.

33   프랑스 작곡가 모리스 라벨Maurice Ravel(1875~1937).

34   미국 작곡가이자 비올라 연주자 커트 로데Kurt Rohde(1966~).

35   "내가 뭐라고 말했는지 정확히 기억나지 않네요"로 옮긴 "I don't recall exactly what I said"는 약강 오보격으로, 즉 "I(약) DON'T(강) /re(약) CALL(강) /ex(약)ACT(강) /ly(약) WHAT(강) /I(약) SAID(강)"으로 읽을 수 있는 문장이다.

36   미국 작곡가 조지 거슈윈George Gershwin(1898~1937)의 오페라 《포기와 베스Porgy and Bess》 수록곡.

37   미국 시인 토니 호글랜드Tony Hoagland(1953~2018)는 췌장암으로 사망했다.

38   미국 소설가 허먼 멜빌Herman Melville(1819~1891)의 소설 《모비 딕Moby-Dick》에 등장하는 선장으로, 흰고래 '모비 딕'에게 복수하려다 배와 함께 바다에 가라앉고 만다.

39   "뛰어오르는 물고기, 부자 아빠, 쉿 아가야 울지 말렴"은 〈서머타임Summertime〉의 일부 가사를 변형해서 인용한 것이다.

40   1815년 빈 회의 이후 스위스는 국제적으로 영구 중립국 지위를 인정받았다.

41 sparkle. 보통 '재치를 번뜩이다' 정도로 번역하지만 여기서는 맥락상 '반짝이다'로 번역했다.

42 mock orange tree. 오렌지 향이 나는 하얀 꽃이 피는 관목으로 흔히 '고광나무'라고 부르지만 뉘앙스를 살리기 위해 직역했다.

43 Church of God. 오순절 계열 하나님의 교회.

44 미국 오대호 중 하나.

45 '노래하는 목사'로 유명한 테너 목사 래리 화이트포드Larry Whiteford(1943~2014).

46 미국 사우스다코타주에 있는 산으로 미국 대통령 네 명의 얼굴이 새겨진 조각으로 유명하다.

47 Jesus. '세상에나'를 뜻하기도 한다.

48 Hoek van Holland. 네덜란드 남서부의 곳.

49 잉글랜드 남동부 에식스주 북동부의 항구 도시.

50 mudpuppy. 물속에서 사는 수생 도롱뇽으로, 성체가 되어서도 붉은 깃털처럼 보이는 외부 아가미를 지닌 것이 특징이다.

51 영어명은 '폴리페모스 나방Polyphemus moth'으로, 외눈박이 식인 거인의 이름에서 유래했다.

52 영어명은 '밤에 기어다니는 존재'라는 뜻의 '나이트크롤러nightcrawler'. '지렁이 통'은 지렁이를 이용해 퇴비를 만드는 통을 뜻한다.

53 catalpa. 보통 '개오동속屬'을 의미하나 여기서는 맥락상 '개오동나무 애벌레catalpa worm'로 번역했다. 미국 중서부와 남부에서 낚시 미끼로 널리 사용한다.

54 미국 서부 개척 시대의 총잡이이자 북군의 군인 와일드 빌 히콕Wild Bill Hickok(1837~1876).

55 옛 서부극에서는 관습적으로 선한 카우보이는 흰 모자, 악한 카우보이는 검은 모자를 썼다.

56 자신의 성격, 감정, 행동 등을 투사하는 물체.

57 TV dinners. 즉석 냉동식품.

58 아일랜드 소설가 제임스 조이스James Joyce(1882~1941).

59 cough drop. 기침을 억제하고 목의 통증을 완화하는 알약 혹은 사탕.

60 Vicks lozenges. 감기 증상 완화를 돕는 목캔디 제품군.

61 One A Day. 바이어사에서 제조하는 종합비타민 브랜드.

62 Ready theater. 다이앤 수스가 성장한 미국 소도시의 소규모 극장.

63 Kotex. 일회용 생리대 상표.

64 미국 록 밴드 '토미 제임스 앤 더 숀델스Tommy James & the Shondells'. 빌뇌브는 밴드의 키보디스트로 활동한 크레이그 빌뇌브를 가리킨다.

65 〈사운드 오브 뮤직The Sound of Music〉에 나오는 칠 남매 중 막내딸.

66 〈사운드 오브 뮤직〉에 나오는 칠 남매 중 둘째 겸 장남.

67 쌍둥이 아이를 부르는 별칭.

68 '지나치게 장식적인' '복잡하고 화려한' 등을 뜻한다.

69 Kool-Aid. 미국 분말주스 브랜드.

70 pee hole. '여성의 질' 또는 '오줌 구멍'을 뜻하는 속어.

71 mouth harp. 입에 물고 손가락으로 연주하는 작은 악기. 구금口琴이라고도 한다.

72 smoking jacket. 과거에 남자들이 집에서 쉴 때 입던 헐거운 상의.

73 school ring. 학교 이름이나 심볼 등을 새겨넣은 반지.

74 Black Jack. 장례식용 말은 등자에 부츠를 거꾸로 매달고 기수가 타지 않은 채 끌고 가는 것이 관례다. 역사적으로 케네디 대통령 장례식 때 사용한 기수 없는 말 그 자체를 상징한다.

75 lupine. 한국어명은 '층층이부채꽃'.

76 goatsbeard. 한국어명은 '눈개승마'.

77 root beer. 사사프라스 향이 나는 미국식 탄산음료.

78 earthstar. 한국어명은 '목도시흙밤버섯'.

79 Burnt Umber. 적갈색 안료. 여기서는 말의 이름을 뜻한다.

80 바다 깊이를 재기 위해 끝에 납덩이를 매단 줄.

81 Little Debbie. 미국 쿠키와 스낵 브랜드.

82 Charity. 성경에서 말하는 '사랑'을 뜻한다.

83 duck-face. 입을 꽉 다물고 입술을 오리처럼 삐죽 내민 표정.

84 splint. 자는 동안 이를 물지 않게 하는 마우스피스.

85 "거리가 황금으로 덮여 있다the streets are paved with gold"는 '돈을 벌기가 아주 쉽다'를 뜻하는 표현이다.

86 Hook's drugstore. 미국 인디애나주를 중심으로 번창했던 약국 체인.

87 《코린토 신자들에게 보낸 둘째 서간》5장 8절 가운데 "우리는 확신에 차 있습니다. 그리고 이 몸을 떠나 주님 곁에 사는 것이 낫다고 생각합니다" 참고.

88 grotto. 종교 동굴. 주로 성모 마리아 같은 성인상을 야외 정원에 배치하는 성지로 사용한다.

89 미국 K마트에서는 할인 상품 앞에 '블루 라이트'를 켜두는데 이를 '블루 라이트 스페셜'이라 부른다.

90 '플리퍼Flipper'는 동명의 영화 제목이자 영화에 등장하는 플로리다의 돌고래 이름이다.

91 헝가리 출신의 유명한 탈출 마법사 해리 후디니Harry Houdini(1874~1926)의 이름에서 온 별칭.

92 앨 그린Al Green(1946~)과 샘 쿡Sam Cooke(1931~1964)은 미국의 소울 가수, 태미Tammy는 미국의 컨트리 가수 태미 와이넷Tammy Wynette(1942~1998)을 가리킨다. 모두 주크박스에서 흔히 흘러나오던 노래의 주인공이다.

93 labial. 'labia'는 '음순'을 뜻하기도 한다.

94 재즈 음악 등에 맞춰 어깨, 엉덩이, 골반을 빠르게 흔들며 추는 관능적이고 역동적인 댄스.

95 meth. 마약의 일종인 메스암페타민.

96 Thunderbird. 미국의 저가 강화 와인.

97 '에밀리Emily' 혹은 '에마Emma'의 애칭.

98 '빅터Victor'의 애칭.

99 godforsaken. '신에게 버림받은' '인적이 드문' 등을 뜻하기도 한다.

100 Jack's. 미국 패스트푸드 체인점.

101 '왕좌throne'는 구어로 '변기'를 뜻하기도 한다.

102 미국 플로리다주 세인트오거스틴St. Augustine에 있는 고고학 공원. 스페인 탐험가 후안 폰세 데 레온Juan Ponce de León(1474?~1521)이 영원히 늙지 않는 물을 찾아 헤매다 이곳에 도달했다는 전설이 내려온다.

103 티셔츠와 팬티를 결합한 형태의 옷. 주로 수영복, 발레복, 체조복.

104 '케빈Kevin'의 애칭.

105 엘리아 카잔Elia Kazan(1909~2003) 감독의 영화.

106 Steenbeck. 스텐벡 컴퍼니에서 출시한 플랫 베드 편집기의 상표명.

107 영국 록 밴드 '롤링스톤스The Rolling Stones'를 가리킨다.

108 롤링스톤스의 기타리스트 키스 리처즈Keith Richards(1943~)를 가리킨다.

109 silo. 큰 탑 모양의 곡식 저장고.

110 Quaalude. 진정제나 수면제로 사용하는 메타콸론의 상표명.

111 미국 록 밴드 '톰 페티 앤 더 하트브레이커스Tom Petty and the Heartbreakers'의 노래.

112 Margaret Sanger. 1916년 미국 최초의 피임 클리닉을 설립하고 '산아 제한Birth Control' 운동을 주도한 사회운동가. 그가 설립한 단체는 오늘날 미국의 대표적인 성·생식 건강 비영리 기구 '가족계획 연맹Planned Parenthood'의 모태가 되었다. '마거릿 생어 센터Margaret Sanger Center'는 당시 뉴욕 여성들이 임신 중절 수술이나 피임 관련 의료 서비스를 받기 위해 찾던 가장 상징적인 장소였다.

113 간결한 시로 유명한 미국 시인 로버트 크릴리Robert Creeley(1926~2005).

114 크릴리의 시학을 상징하는 중요한 장치다. 그는 'said'에서 모음(a, i)을 빼고 자음만 남겨 'sd'라고 표기했다.

115 미국 뉴욕파 시인 케네스 코크Kenneth Koch(1925~2002).

116 '찾아왔다'로 옮긴 'came for'는 '덮치러 왔다'를 뜻하기도 한다.

117 '들이댔다'로 옮긴 'came on'은 '사정했다'를 뜻하기도 한다.

118 '우리에게 사정했다'를 뜻하기도 한다.

119 미국 펑크 록 음악가이자 시인 리처드 헬Richard Hell(1949~). 밴드 '텔레비전Television'과 '보이드오이드The Voidoids'를 이끌었다.

120 미국 록 밴드 '벨벳 언더그라운드The Velvet Underground'의 리더이자 가수 루 리드Lou Reed(1942~2013).

121 미국 그라비티 화가 장미셸 바스키아Jean-Michel Basquiat(1960~1988).

122 미국 팝아트 거장 앤디 워홀Andy Warhol(1928~1987).

123 미국 소설가 윌리엄 S. 버로스William S. Burroughs(1914~1997).

124 'john'은 매춘부의 남성 고객을 뜻한다.

125 CBGB. 미국 뉴욕 맨해튼에 있던 펑크 록 클럽.

126 Mudd Club. 미국 뉴욕 맨해튼에 있던 나이트클럽.

127 미국 펑크 록 밴드 '데드 케네디스Dead Kennedys'의 보컬이자 스포큰 워드spoken word 아티스트 젤로 비아프라Jello Biafra(1958~). 젤로는 밴드 활동 이후, 음악 없이 마이크 하나만 들고 몇 시간 동안 사회와 정치를 신랄하게 비판하는 스포큰 워드 아티스트로 전향했다. 여기서 말하는 '독백 공연monologue concert'은 바로 이 공연을 뜻한다.

128 미국 미시간주 서남부의 도시.

129 Denny's. 미국 패밀리 레스토랑 체인.

130 영국 가수 존 레넌John Lennon(1940~1980)은 당시 자신이 거주하던 미국 뉴욕 맨해튼의 다코타 아파트 입구에서 피살당했다.

131 미국 소설가 윌리엄 S. 버로스William S. Burroughs(1914~1997).

132 redress. '옷을 다시 입히다' '다시 수선하다'를 뜻하기도 한다.

133 '착한 마리아'는 성모 마리아, '나쁜 마리아'는 막달라 마리아를 뜻한다.

134 KS. 에이즈 환자들에게 나타나는 암인 카포시 육종Kaposi's Sarcoma.

135 Conservatory of Flowers. 미국 샌프란시스코의 온실 식물원.

136 '모음운'은 시의 한 절에서 단어의 마지막 모음이 이어지는 다음 낱말 중 강세를 받는 모음과 반복되는 현상을 뜻하고, '내부 손상internal injury'은 동일 시행의 중간에 있는 단어와 끝에 있는 단어가 이루는 운을 뜻하는 '중간운internal rhyme'을 일부러 바꿔 쓴 것이다.

137 주방 세제 '조이Joy'를 가리킨다.

138 Dusk. 미국 세제 브랜드.

139 기름에 뒤덮인 바닷새를 구해주는 세제의 이름으로는 너무 희망찬 '새벽Dawn'보다 다소 음울한 '황혼Dusk'이 더 어울린다는 뜻이다.

140 '냉소의 시대'를 뜻한다.

141 'Hairdo'를 'Hair + To do'로 분해함. 절망이 신체 일부hair가 아닌, 관리할 양식hairdo이나 숙제to do가 된 상황을 풍자한 구절이다.

142 영국 시인 존 던John Donne(1572~1631).

143 mulch. 갓 심은 나무의 뿌리를 보호하기 위해 덮는 것.

144 Hershey. '허쉬'는 미국의 도시 이름이며 동명의 초콜릿 브랜드로 유명하다.

145 Red Rose. 미국에서 유명한 홍차 브랜드.

146 crack. 코카인의 한 형태.

147 suboxone. 오피오이드 중독 치료제.

148 19세기 영국에서 소를 잡기 위해 테리어와 불도그를 교배해 만든 종.

149 Scattergories. 영어 단어 게임.

150 미국 소설가 허먼 멜빌.

151 예수가 십자가에 못 박히기 전날 밤, 죽음의 공포 속에서 피땀을 흘리며 기도했던 장소.

152 겟세마네에서 잠든 베드로, 야고보, 요한을 지칭한다.

153 존 카펜터John Carpenter(1948~) 감독의 영화.

154 말론 브랜도Marlon Brando(1924~2004)가 영화 〈대부The Godfather〉에서 연기한 역할.

155 sloppy joe. 다진 고기를 소스에 버무려 햄버거 번 사이에 넣어 먹는 미국식 정크 푸드.

156 성경에서 관용적으로 '운명의 잔'을 뜻하며, 여기서는 '다가올 죽음의 운명'을 뜻한다.

157 커트 코베인Kurt Cobain(1967~1994)이 이끌었던 미국 록 밴드.

158 스코틀랜드 밴드 '바셀린스The Vaselines'의 〈예수님은 나를 햇살로 삼길 원하서Jesus Wants Me for a Sunbeam〉를 제목만 살짝 바꿔 커버한 곡.

159 《요한복음》을 가리킨다.

160 Little Feat. 로웰 조지Lowell George(1945~1979)가 이끌었던 미국 록 밴드.

161 〈버닝 러브Burning Love〉 속 노랫말.

162 원제는 〈Where Could I Go but to the Lord〉.

163 영국 펑크 록 밴드 '제너레이션 X Generation X'의 보컬로 활동한 뒤, 1980년대 미국에서 솔로로 성공을 거둔 록 스타.

164 영국 펑크 록 밴드.

165 scapular. 가톨릭을 비롯한 그리스도교 수도회에서 수도복 위에 어깨부터 앞뒤로 길게 늘어뜨려 입는 성의聖衣.

166 Mourvèdre. 프랑스 남부와 스페인에서 재배하는 적포도 품종으로, 진한 검은색과 보라색을 띤다.

167 한쪽 눈에만 끼우는 렌즈. 과거 귀족이나 상류층 남성들의 권위와 지위를 상징하는 안경.

168 윗부분이 높고 평평하며 광택이 나는 원통형 모자. 격식을 차린 정장에 착용한다.

169 현대 넥타이의 원형으로 목에 느슨하게 감아 묶는 화려한 실크 천 장식.

170 grave liner. 관을 보호하고 지반 침하를 막기 위해 관 주위에 설치하는 외장 용기.

171 영국 낭만주의 시인 존 키츠John Keats(1795~1821).

172 미국 시인 e. e. 커밍스e. e. cummings(1894~1962). 대문자와 문장 부호를 의도적으로 생략하거나 단어를 파격적으로 배치하는 실험적인 시를 썼다.

173 원제는 〈Hand in Hand〉로 송가풍 연주곡이다.

174 얇고 투명한 도자기에 무늬를 새긴 장식품. 빛을 비추었을 때 그 두께 차이에 따른 명암으로 그림이 나타난다.

175 예수 그리스도가 사형 판결을 받은 후 십자가를 지고 골고타 언덕에 이르기까지의 열네 가지 주요 사건을 순서대로 구성한 기도 처소나 성상聖像을 뜻한다. 가톨릭 성당 벽면에 보통 일 번부터 십사 번까지 직사각형의 틀 안에 조각하거나 그려져 있다.

176 Jell-O. 과즙 젤리 과자 상표명.

177 미국 시인 에밀리 디킨슨. 에밀리 디킨슨은 자기 장례식 때 흰옷을 입은 채 흰 관에 안치됐고, 관에는 실제로 작은 제비꽃 한 다발, 분홍색 복주머니꽃 한 송이, 헬리오트로프 두 송이가 놓였다.

178 파란색의 작은 종 모양 꽃이 피는 백합과 식물.

179 향기로운 덩굴성 꽃으로 콩과의 원예 식물.

180 스페인 시인 페데리코 가르시아 로르카Federico García Lorca(1898~1936). 〈기수의 노래Rider's Song〉에는 영원히 코르도바에 이르지 못하는 기사가 등장한다.

181 goldenrod. '미역취'라 불리는 국화과 야생화로 직역하면 '금빛 막대기'를 뜻한다.

182 명사 'kickback'은 '예기치 않은 반동'을 뜻하지만 동사 'kick back'은 '긴장을 풀다'를 뜻한다는 데서 착안한 언어유희.

183 oxblood. 검붉은색으로 황소ox의 피blood 색깔에서 유래했다.

184 에이즈 치료에 쓰이는 복합 항레트로바이러스 요법.

185 window well. 지하 창문 둘레의 채광과 환기용 반원형 공간.

186 도롱뇽과에 속하는 작은 양서류.

187 로만 폴란스키Roman Polanski(1933~) 감독의 영화.

188 캐나다 가수이자 사회운동가 닐 영Neil Young(1945~).

189 미국 컨트리 밴드 '벅 오언스 앤 더 버커루스Buck Owens and the Buckaroos'에서 '벅Buck'을 성적 뉘앙스가 담긴 '석Suck'과 '퍽Fuck'으로 바꾼 언어유희.

190 I've Got a Tiger by the Tail. '벅 오언스 앤 더 버커루스'의 노래 〈I've Got a Tiger by the Tail〉로, '예기치 않은 곤경에 처했다'를 뜻하는 관용구.

191 닐 영의 노래 〈Helpless〉의 후렴구 "helpless, helpless, helpless".

192 1950년대 미국 인기 시트콤 〈I Love Lucy〉.

193 미국 배우이자 코미디언 딕 밴 다이크Dick Van Dyke(1925~). '딕Dick'은 자지, '다이크Dyke'는 남자 역의 레즈비언을 뜻하기도 한다.

194 '다이앤'의 애칭.

195 Q-tips. 미국 면봉 브랜드.

196 캐나다 가수이자 화가 조니 미첼Joni Mitchell(1943~).

197 미국 시인인 월트 휘트먼Walt Whitman(1819~1892)의 〈나 자신의 노래Song of Myself〉 24에서.

198 Save a Lot. 미국 할인 슈퍼마켓 체인.

199 제임스 조이스의 장편소설.

200 제임스 조이스의 소설 《더블린 사람들Dubliners》에 나오는 〈자매The Sisters〉의 일부.

201 존 키츠가 동생 조지 키츠 부부에게 쓴 편지에서.

202 존 키츠의 시 〈그리스 항아리를 기리는 노래Ode on a Grecian Urn〉에서.

203 '플롯plot'은 '음모'를 뜻하기도 한다.

204 Hesperis. 십자화과 식물의 한 속屬으로 '저녁'을 뜻하는 그리스어 '헤스페라hespera'에서 유래한 명칭이다.

205 영국 시인이자 가톨릭 예수회 신부 제라드 맨리 홉킨스Gerard Manley Hopkins(1844~1889). 더블린에서 장티푸스로 사망했다.

206 미국 소설가이자 시인 레이먼드 카버Raymond Carver(1938~1988).

207 미국 콜로라도주 남부에서 뉴멕시코주 북부에 이르는 '상그레데크리스토산맥Sangre de Cristo Mountains'을 가리킨다.

208 페요테 선인장 혹은 그것으로 만든 환각제를 가리킨다.

209 주로 티베트 불교에서 사용하는 원통형 불교 도구.

210 오드서퍼링eau de suffering. '고통의 물'이라는 뜻으로 향수 '오드콜로뉴eau de cologne'를 흉내 낸 언어유희.

211 미국 시인이자 비평가 그레고리 오어Gregory Orr(1947~).

212 '장례식용 말'을 뜻하며 기수가 타지 않아 '기수 없는 말riderless horse'로도 불린다.

213 rock bass. 북미 지역에 서식하는 민물어종으로 붉은 눈이 특징이다.

214 star grass. 수선화과 히폭시스속 식물.

215 bocadillo. 스페인식 샌드위치.

216 원제는 〈Baby Please Don't Go〉.

217 영국 잉글랜드 버킹엄셔주에 있는 도시.

218 '지옥불 동굴'이라는 뜻으로 하이위컴 근처에 있는 인공 동굴.

219 독일어권 국가의 일부 지역에서 입는 전통적인 남성용 가죽 반바지.

220 dollar store. 미국판 천원숍.

221 '셜리'의 애칭.

222 Instamatic camera. 코닥사에서 만든 아마추어용 소형 고정 초점 카메라.

223 방우防雨용 모자.

224 영국 시인이자 아동문학가 테드 휴스Ted Hughes(1930~1998).

225 원제는 〈No Swan so Fine〉.

226 미국 시인 월리스 스티븐스Wallace Stevens(1879~1955).

227 private part. 보통 '음부'를 가리키는 표현.

228 눈의 유리체가 망막에서 분리되는 현상.

229 과거의 자신을 가리킨다.

230 heron-blue. 왜가리 몸통의 파란색.

231 '발을 질질 끌다drag one's heels'는 '일부러 꾸물거렸다'를 뜻하기도 한다.

232 과일과 시럽으로 만들어 먹는 후식.

233 고대 이집트에서 미라를 만들 때 장기를 보관하던 단지.

234 미국 남성 듀오 '홀 앤 오츠Hall & Oates'의 멤버들.

235 친구 사이였던 영국 가수 데이비드 보위David Bowie(1947~2016)와 영국 배우 엘리자베스 테일러Elizabeth Taylor(1932~2011).

236 원제는《The Book of Nightmares》.

237 아프리카계 미국 시인 에더리지 나이트Etheridge Knight(1931~1991).

238 미국 가수이자 배우 톰 웨이츠Tom Waits(1949~).

239 미국 인플루언서이자 모델 카일리 제너Kylie Jenner(1997~).

240 프랑스 화가 폴 고갱Paul Gauguin(1848~1903)이 그린 〈황색의 그리스도The Yellow Christ〉를 가리킨다.

241 xantho-. '황색'을 뜻하는 접두어.

242 fucoxanthin. 엽록체의 부분 색소.

243 미국 블루스 가수 에타 제임스Etta James(1938~2012).

244 '치명적인 여자femme fatale'를 뜻한다.

사랑은 어쨌거나 다이앤 수스를 찾아낸다. 시가 섹스다. 들쥐에게 속이 파먹히고 있는 분홍색 소파처럼, 갈라지는 바다처럼 그녀는 복부를 열고 마약 중독자를 꺼낸다. 쓰나미 경고를 찬미하라!

그녀의 방광이 왜 이런지 모르겠다. 시를 싸고 나서도 시를 싸고 또 싸야 한다. 사방에 널린 똥을 들고 한 손에 소원을 쥔 채 주인에게 뺨을 맞으며 싼다. 멍든 젖통의 시, 낙태, 치명적인 실수, 장애, 비정상적인 말이 사방팔방 튄다. 엉망진창 미친 삶, 시 쓰기는 그녀의 끔찍한 사랑이다.

나는 이 가난한 떠돌이의 시적 메스에 찔린다. 피투성이로 열광한다. 어쩜 이리도 장밋빛인지, 어떻게 이런 고요가 깃들어 있는지, 어쩜 이리도 최후의 기도인지.

— 김이듬(시인)

책의 원제인 '솔직한frank'이라는 말은 글이 솔직하기만 하지 않을 때 미덕이 된다. 솔직해 보이는 것이 미학적 성취로 드러나기 위해서는 이를 받쳐주는 단단한 지반이 있어야 한다는 뜻이다. 다이앤 수스는 자신의 정확한 길을 찾아내어, 착취와 중독과 상실과 실패를 자근자근 밟아나간다. 고통을 똑바로 바라보는 사람만이 이런 글을 쓴다. 비루함과 불쾌가 견고한 언어의 형체를 입어 아름답고 확고한 힘이 되었다. 시집을 다 읽어갈 때쯤 시인을 따라 중얼거렸다. "한 손엔 똥을, 다른 손에는 소원을."

—김겨울(작가)

나는 이 책을 통해 시라기보다는 어떤 짐승을 마주한 것 같은 기분을 느끼고 있다. 소네트라는 안전한 철창이 있지만 어쩐지 당장이라도 이 틀을 뜯어내 버릴지도 모른다는 불안함으로, 쾌감으로, 나는 숨죽인다. 한없이 연약한 단어들로 만들어진 이 짐승의 문장에서 낮은 진동이 느껴진다. 으르르르르.

—요조(뮤지션, 작가)

정말 저 머나먼 무지개 너머로, 끝까지 갈 수 있을까. 욕망의 끝, 절망의 끝 그리고 사랑의 끝까지. 그것도 소네트라는 지극히 우아하고 귀족적인 형식으로! 시인 다이앤 수스는 정말로 끝까지 가버린다. 그녀는 소네트라는 형식을 마치 가시철조망 드레스처럼 유혹적으로 떨쳐입고, 그 안에서 낙태와 마약과 죽음과 사랑을 아무런 검열 장치 없이 노래한다. 그녀의 소네트는 빌리 아일리시처럼 몽환적이기도 하고, 에이미 와인하우스처럼 도발적이기도 하며, 조니 미첼처럼 혁명적이기도 하다.

그녀의 시를 읽으면 절망의 땅끝 벼랑에 서서도 지금 이 순간의 아름다움을 찾으려는 불굴의 충동을 잃지 않게 된다. 땡전 한 푼 남지 않아 오늘 저녁 끼니를 걱정해야 할 상황에서도, 오늘 밤 데이트 약속은 결코 깨지 않을 테다. 황유원 시인의 번역은 너무도 절묘하게 아름다운 나머지, 이 시집이 번역되었다는 사실을 깜빡 잊게 만든다. 다이앤 수스의 시가 마른하늘을 가르는 날카로운 번개라면, 황유원의 번역은 세상에서 가장 예민한 피뢰침이 되어 그 영롱한 번개의 언어를 지상의 언어로 탈바꿈시킨다.

낮 뜨겁게 솔직하면서도(사람 많은 출근길 지하철에서 읽기에는 매우 스릴 넘치게 조심스러운!) 매일 새롭게 시작되는 내일을 향한 수줍은 설렘이 담긴 이 시집을 읽고 나면, 어느새 겁 없이 용감해진 나 자신을 발견한다. 내 안에서 영원히 끓어오르는 마그마처럼 끝없이 솟아오르는 그 모든 사랑과 창조와 연결을 향한 열망을 남김없이 다 써버리고 가리라, 다짐하게 된다. 다이앤 수스의 시는 그럼에도 불구하고 미친 듯이 매일 새롭게 아름다운 삶과 세상과 사랑을 향한, 그칠 줄 모르는 달콤한 키스다.

—정여울(작가)